别在吃苦的年纪选择安逸

林默 著

华龄出版社
HUALING PRESS

责任编辑：李英卓
责任印制：李未圻
封面设计：颜　森

图书在版编目（CIP）数据

别在吃苦的年纪选择安逸 / 林默著. -- 北京：华龄出版社，2019.3
ISBN 978-7-5169-1380-2

Ⅰ. ①别… Ⅱ. ①林… Ⅲ. ①散文集 – 中国 – 当代 Ⅳ. ①I267

中国版本图书馆CIP数据核字（2019）第002837号

书　　名：别在吃苦的年纪选择安逸
作　　者：林默　著

出 版 人：胡福君
出版发行：华龄出版社
地　　址：北京市东城区安定门外大街甲57号　邮编：100011
电　　话：010-84044445　传真：010-84049572
网　　址：http://www.hualingpress.com

印　　刷：三河市东兴印刷有限公司
版　　次：2019年10月第1版　2019年10月第1次印刷
开　　本：880 × 1230　1/32　印　　张：7
字　　数：170千字
定　　价：36.00元

（如出现印装质量问题，调换联系电话：010-82865588）

我们都曾得到过岁月的厚待

上周末，我去咖啡馆闲坐。

点一杯老板自制的炭烧咖啡，一份手工烘焙甜点，整个人倚在二楼大窗户前的沙发上，懒散得刚刚好。

外面阳光明媚，照在胡同深处灰色的树杈和砖墙上，投下生动光影。我忍不住拍了一张照片发到朋友圈。

很快有人评论：偷得浮生半日闲，羡慕。

我本意是想说，那阳光下的光影，多美，却换来一句羡慕。

这样的阴差阳错，大概也是刚刚好。

我当然也有小小的虚荣心，这浮生的半日之闲，美好如斯的心情，想要被人看见，想让人看了就心生艳羡。

当然，羡慕的人们，并不知道我赶方案赶到昏天黑地焦头烂额时熬过多少夜，不知道我被总监和客户骂过之后躲在哪里独自哭泣，不知道当我拼命努力也没办法得到任何肯定时的悲惨心情。

他们不知道，我是经历了怎样忙乱繁重让人压力大到胃痛的一周工作，才终于有了闲情坐在咖啡馆，看时光和风景沉淀在眼底，无限温柔。

道一句羡慕，多么容易。会让人以为自己不能活得像社交网络里的朋友那样光鲜美好，是因为岁月不曾厚待你，幸运不曾光临你。

其实不是的。

那天有人问我，假如给你一台时光机，你是愿意回到过去，还是去看看未来？

当然是回到过去啊，我说，那么多的遗憾，都想要弥补，如果可以回去指点十年前、五年前的自己，不走那条弯路，不犯下那个错误，人生该有多完美。

但当我坐在咖啡馆里，遥遥看向窗外的湛蓝天空，我忽然想，此时此刻的我，其实已经很完美了。

记得十年前的自己，还是个懵懂的小女孩，见过的世界只有一点点大，梦想的边界也只敢收紧在眼前手边。

也记得五年前的自己，刚刚毕业，以为自己长大了，成熟了，却在面对一无所知的未来时，仍然胆怯无措，连去哪座城市，做什么工作都决定不了。

而今天，我在自己最爱的城市里，为生活奔忙，为理想拼命，坐在它的怀里享受时光和生活，一点一点成长为自己喜欢的样子。

所以我想，即使真的回到过去，我也没什么好说的。

无论时光倒流多少次，我一定还会做出相同的选择，走同样的弯路，犯同样的错误，在同一个夜晚痛哭流涕，在同一个清晨迎着阳光重新走出去。

岁月并没有厚待任何人。

每个人，都要付出才有收获，都要迷茫过才拥有笔直目光，都要受过许多伤，才能让那些受伤的地方成为自己最强大的地方。

咖啡馆的年轻老板娘，是我熟识的朋友。她从国外留学回来，和男朋友一起开了这家店。我想，对她说“羡慕”二字的人，应该更多。

一问，果然如此。

她笑道：“我也羡慕我自己呢。”

她笑得那样明媚，仿佛生活美好得不带一根尖刺，从不曾将她刺伤。

怎么可能呢？

早年她去欧洲留学时，和父母闹翻，和男友分手，一个人孤零零去了异国，过了整整一年才交到朋友。刚开始拿不到奖学金，找不到工作，生活陷入了绝境，有一周，她每天只吃得起一个面包。学业压力最大的时候，她甚至得了失眠症、厌食症。

有很多次，她都觉得自己绝对撑不下去了。

但如今她和心爱的男友在一起，各自辞掉在欧洲的工作，刚刚结束环游世界的旅行，回来开一家咖啡馆，过上了梦寐以求的生活。

这是她应得的生活。

如果可以，我们都希望人生不必经历那些山高水长、怎么也走不出去的绝望，不必见识这个世界不由分说的、谁也无力改变的残酷，不必在最好的年华里，爱不了想爱的人，做不到想做的事，青春灰暗，梦想搁浅……

但我们终有一天会发现，岁月给予我们的一切：所有的伤痛、磨难、磕磕绊绊、跌跌撞撞，都是最好的厚待。

part1 许诺自由的灵魂给自己

Part2 若你有梦，此生就值得庆幸

Part3　成长了自己，便是好结局

Part4　不在别人身上寄托梦想

Part5 每一步，都由你来决定

Part6 用一朵花开的时间去等待

Part7　我们都会变成更好的自己

part 1

许诺自由的灵魂给自己

单纯的人，做单纯的事

2010年的盛夏，我在北京当记者，在一个帐篷剧的剧场里帮忙。

剧组里有来自国外的，如日本人等，也有来自国内各地的人，如北京人、台湾人，还有……武汉人。当时我是比较惊讶的，可能因为看小剧场戏剧虽然已是北京的一种都市文化，但是在武汉却还是一个比较新鲜的娱乐方式。

是的，那个时候，武汉人艺“1001戏剧沙龙”才刚刚兴起，口号也是要打造武汉“城市社交圈的新贵”。而顾晓曼想要做的，恰恰相反。

她想要做一个跟北京胡同里遍地开花的小剧场一样的，让和她一样的年轻人，过周末除了去看电影或者在酒吧里摇摇骰子唱唱歌，还可以去看话剧。

为此，她查过很多资料，上海大剧院小剧场专门对两万会员做的统计给了她最初的印象：观众多集中在25～35岁，月薪4000元的人群，其中70%为未婚青年，70%为女性观众。当时武汉的人均收入和物价水平都不高，两张电影票就60元，但是看场小剧场俩人可能就要200元。

不过当时的顾晓曼还是很乐观：乔老爷子不是一直都在告诉我们，客户从来不知道自己需要什么吗？何况武汉的小剧场还是空白，简直就是为她顾晓曼留出来的机会。

那个时候，她的小剧场才刚刚开始筹备，还在北京、上海等地“取经”，但是提起她的“小事业”，眼神就开始发光，拉着我说起她的各种想法和蓝图，没个把小时根本停不下来。

之后很长一段时间，我和顾晓曼失去了联系，因为当初忘了问她小剧场的名字，甚至连剧场是否真的成立起来，都无从得知。只因工作关系，偶尔关注到武汉很多民营小剧场在那两年里都处于亏损状态，连“名家”都常常是“义务劳动”。演员工资也不过只有3000元，和当地一名普通白领的工资差不多。

直到有一天我从报纸上看到了她的名字，和她的小剧场——谜仓艺术剧院。

报道上说，这是武汉目前最火的小剧场，火到什么程度呢，用顾晓曼接受采访时的话说就是：有姑娘跟她抱怨，如果不是手上拽着票，大概很难再在人群中找到男朋友的身影。

通过那家报纸，我重新联系上了顾晓曼。再见她简直跟时空穿越一样，许多年轻女孩儿在毕业几年中变化都非常大，从穿着打扮到爱聊的话题，像脱胎换骨一样。但是顾晓曼几乎和我初见她一模一样：穿着舒适的蝙蝠袖T恤、哈伦裤，一见面就兴奋地跳过来拉着我的手说热乎话。

“没想到，你的小剧场真的做起来了。”还没等我说完，顾晓曼就迫不及待地打断我：“嘿，想听听当年我们分开以后我的经历吗？”也没等我答应，她就自顾自地把这些年里发生的事吧啦吧啦全倒出来了。

那个时候，虽然顾晓曼在豆瓣电影圈里已经小有名气，但是大伙儿一听到在武汉这个没有先例的城市，做这样一个费时费事

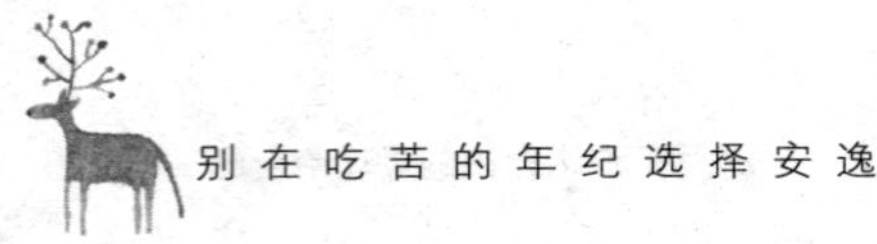

费钱还看不到盈利的东西，始终有点怯懦，都打着哈哈，说自己有正职工作，晓曼要是需要资源或者临时搭个手尽管说。

因此，在小剧场的整个前期筹备过程，几乎是顾晓曼一个人完成的。租场地花去了爸妈给她的找工作“基金”，自己的房租都交不起，也不敢告诉父母，蜗在一个好心同学的小书房里搭个沙发床睡了大半年，因为没有经济来源，不得不以光速找了份工作，也不敢计较理不理想。“总之，养活自己，吃饱了才有力气伺候梦想！”

要做的事情太多，她几乎忙疯了。白天有工作要做，只能下班了才回到小剧场做事，又打不起车，每天到了末班车发车时间就飞奔八百米赶上趟，因为太累，常常在车上就沉沉睡去。有时候看着车窗外熄灭大半的路灯，想起曾经在北京看完小剧场，高兴地坐末班车回家哼着歌的心情，真有点儿恍若隔世。

剧场刚装修完，为了早点散味儿，她听人介绍买了一大堆洋葱，放在小剧场里，没工具，拿起砖头就拍，那个鼻涕眼泪横流哟，她却非常兴奋，一边抬起袖子抹眼睛一边咧着嘴傻乐。

所有的准备工作都做完的那一天晚上，武汉下起了漫天大雪。她把外宣视频看了两遍，按下发送键，发给熟识的同城媒体记者后，心想，这一天终于到来了。正在她感慨今天不用再坐末班车回去的时候，接到了场地安全问题审查不通过要延期开张的通知。

一股巨大的委屈伴随着愤怒瞬间淹没了顾晓曼的头脑，长久以来支撑着的信念轰然倒地，她一屁股坐在刚刚收拾干净的地上，放声大哭。

“从来没有觉得这么难过。以前有盼头，什么事咬咬牙就扛下来了，以为跟升级打怪一样，苦就苦了，总有看得见的甜头在前面，而且按照计划完成任务就能到达目的地，但其实不是，真实生活里永远有着意想不到的大麻烦。”

委屈积压太久，也全在那一刻都如潮水一样倾泻出来。也不知道在地上坐了多久，顾晓曼才慢慢起身，揉揉发麻的腿，打开笔记本电脑，给各家媒体重新发送了邮件，道歉和通知暂缓开张的消息。在那个时候，什么时候开张，还要不要做下去，其实在顾晓曼看来都是未知数。

那天晚上，还早，她漫无目的地在街上乱逛，不知不觉走到了武汉人艺。她抬头看见当日的演出表，买了票，进去看了场《谈谈情、跳跳槽》。

一个半小时的剧目，她旁边看起来是自己一个人过来的姑娘，哭了3次，恋人要分手、公司要倒闭……那个姑娘一直在掏纸巾抹泪。最后演员出来谢幕，顾晓曼还呆呆地坐在原地，任周围从掌声雷动到剧场清场。

当她起身的时候，发现那个姑娘也还没走，甚至也没注意到她的存在。她走到剧场门口，回头看见姑娘孤零零拭泪的背影，才突然如大梦初醒：话剧演完了，梦也完了，人们又回到了现实世界，而现实的遭遇竟然和话剧里一样，这感觉又真实又让人疑惑。

也是从那个时候，她意识到，话剧的最大作用，是呈现身边的生活，从演员身上，近距离地看到自己，而跳出那个囹圄，自

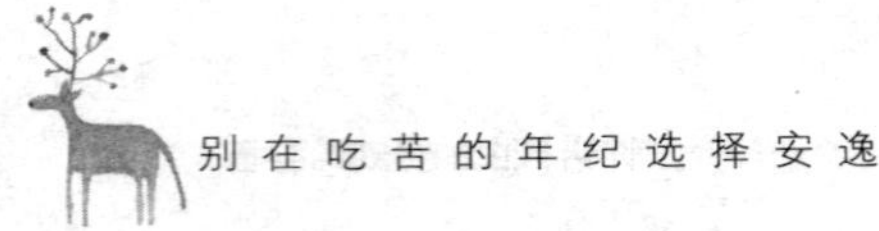

己才会知道要怎么走。

“我们这个年龄，都是社会的夹心层，如果你不知道那些同龄人想看到的就是自己的生活，你也永远只会在影院门口买张票，带上3D眼镜，看一场过目就忘的炫技大片。”

当初坚持要做小剧场，或许冥冥之中，就是由着这样的初衷牵着线领着走到今天。只是暂缓开业而已，又不是一棒子打死，为什么要放弃？！

顾晓曼从人艺走出来，雪还在漫天飘着，但她已经不觉得寒冷和无助了。

“谜仓”这个名字也是在那个时候最终定下来的。

如果说以前的顾晓曼只是个单纯的文艺青年，想把那种文化氛围和消费习惯带回自己未来朝夕相处的城市，希望能够就此聚集起许多志同道合的伙伴们，那么随着现实的困难一层层推进和解决，她心中关于这个梦想的初衷反而抽丝剥茧地愈发清晰。

“我们都生活在一个庞大的世界里，在工作中碰了壁，在恋人那受到了不信任，就像在一个巨大的仓库里迷路了，未来、过去、现在如蚕丝一样绞成了迷局，我们都需要暂时的沉醉，也需要适时的点醒。”

“那，谜仓开始盈利了吗？”我忍不住抛出一直想问的问题。

“还没有，不过已经快要收支平衡了。”

顾晓曼告诉我，等到小剧场进入平稳运营发展后，她就开始招兵买马，也会辞掉现在的工作，再找一份自己喜欢的工作。

“小剧场不是你一直以来的梦想吗？为什么还要做别的？”我十分不解。

“是梦想，但不是全部，甚至不是大部分，我想要的，不过是像瓦尔登湖里那样，一种完全属于自己的，无论是垂钓还是锄地，只要能够沉浸在其中并且感到快乐和骄傲的生活状态。”顾晓曼说得很笃定。

让梦想照进现实，听起来着实美妙无比，让许多个梦想照进现实更是美得像励志书案例，不过，其中的艰苦未必每个人都尝过。

我也曾看见过一些人，他们告诉自己，和外面世界的疲惫与风险相比，偏居一隅的日子已经能称得上“幸福”。事实上，久而久之，他们会越来越难以分辨快乐、骄傲、满足、惊喜等情绪的分别，那才是真正令人在深夜里蓦地感觉到恐惧的来源。

若是马儿，就奔跑

上大学时，睡我下铺的女孩是闻名全系的“强迫症女孩”，热衷于为自己制订各种计划，作息计划、学习计划、读书计划、运动计划……她的床头，永远贴着写得密密麻麻的计划表。

早上起床的时间必须精确到秒，洗漱的时间严格控制，要掐着表完成，吃早餐、喝咖啡的时间不能多一分，也不能少一分，说好学习一个钟头，就绝对是一个钟头，哪怕捧着书什么也没看进去，也绝不做其他事，计划好要去操场跑步，哪怕下雨，也绝对不去室内网球场打球。

在她的计划表里，没有娱乐，不允许任何享受。

你若问她目标是什么。她会很明确地告诉你，成为更优秀的人。

若你继续追问，怎样才是更优秀的人？她会回你一个白眼，一副“这还用说”的表情。

如此严苛的计划，如此不靠谱的目标，当然很难实现，所以每天我们都能看到她没完成计划中的事沮丧焦虑的样子。

冬天的早上会赖床，偶尔会失眠，导致白天上课的时候打瞌睡，有些事情超出预计的时间，导致没空运动——对我们来说这些都是常事，对她而言却是天大的变故，她总是骂自己，怎么可以连这点意志力都没有？怎么可以浪费时间浪费生命？骂完之后，又将下一次的计划制订得更严格，然后陷入新一轮沮丧焦虑的循环。

大学四年，她几乎就在这样的恶性循环中度过，直到大四，终于精神崩溃。

我一直记得那一幕。

那天早上，她照常起床，洗漱，吃早餐，喝咖啡，当时，她正在做毕业论文，却被导师批评观点太老旧，于是她打算去资料室找一些与毕业论文相关的最新资料，补一补知识。就在她掐着表准备出门时，另一位室友开玩笑地帮她倒计时：5、4、3、2、1，好啦，时间到，该出门啦。

她却站在那里，半天不动。室友觉得奇怪，过去看她。忽然，她毫无预兆地大叫一声，瘫坐在地上，开始是喃喃自语，然后又手舞足蹈，放声大笑，眼泪却哗啦啦流了满脸。我们怎么都劝不住，只好叫来辅导员，把她送到校医院。

在医院，她的情绪慢慢稳定下来，我们都以为这件事已经结束了，以为她只是因为毕业论文没做好，压力过大，才突然情绪爆发。

谁知这只是开始。

回到宿舍，她不知用了什么方法，居然从宿管那里申请到一间空置的寝室，独自搬了进去，从此把自己关在那里，足不出户。去敲门，她也会应答，却不肯开门，总是说自己忙着做论文，没时间。

我们担心她这样下去会很危险，和老师商量后，通知了她的父母。最后，她被父母接回了家。

父母帮她收拾行李时，瘦了一圈的她站在一旁，双眼无神。

没有看我们一眼，也没有告别。

那段时间，寝室的几个人都很难过。

这四年来，我们眼见着她对自己强加逼迫，眼见她沮丧焦虑，却从不曾放在心上，只当笑话看，满不在乎地调侃她。

谁也没有料到事情会变成这样。

那时我们还太年轻，不知道人真的会被自己逼迫到崩溃的地步。

重新见到她，是在两年后。

她在医院和家里休养了很久，才终于恢复正常，开始出来工作。

工作虽然是父亲为她安排的，但总算做得顺利，而她也终于可以平静地回忆起过去的时光。

只可惜她回忆里，是漫无边际的灰暗。

电影《致我们终将逝去的青春》上映时，她曾和我一起去看，缩在电影院的座位上哭成了泪人。散场后，她抱着我：“你说，我的青春去哪儿了？”

她说，大学四年，她最好的青春，全都白过了，既不快乐，也不精彩，没有志同道合的伙伴，没有一起疯闹的死党，连一场恋爱都没有谈过，只是一直重复着那样严苛的自我要求，直到她用“优秀”为名，差点毁了自己。

想要变成更优秀的人，并没有错。谁都想变成更优秀的人，所以我们才在人生这条河里逆流而上。

但当你问自己什么样的人才是更优秀的人时，千万不要像我下铺的朋友那样，翻个白眼，不做深究。

也千万不要活成他人眼中的“优秀”模样。

要去寻找自己的答案。

不是这个世界、父母、他人、习俗灌输给你的答案，而是独属于你自己的答案。

这个世界有它自成一套的话语和规则。它告诉你，从小就不能输在起跑线上，一定要好好读书考上好大学，它告诉你大学四年该如何度过，30岁之前你一定要完成几件事，一生必读哪些书，必去哪些地方旅行，多少岁结婚最好，成功的标准是什么……

于是我们将人生活成了一堆数字和标准。

30岁还不能出人头地，30岁还不能嫁出去，完了，人生无望。

有个女孩子甚至算过一笔账，如果想要生两个小孩，30岁前生完，小孩相差3岁，那27岁就得生第一个，26岁就得怀孕，想怀孕之前二人世界过两年，那24岁就得结婚。订婚后，见家长，旅行，准备婚礼要一年，那23岁就得订婚，订婚前要拍两年拖，那21岁就要遇到这人。

这么算下来，顿时觉得人生好紧迫，也好无趣。无趣到有一天你回想你的21岁，只记得自己像个嫁不出去的哀怨剩女，强迫自己到处找男朋友的样子，却不记得那一年你的青春是否有过自由的奔跑，是否绽放过美丽硕大的花火，让你可以在未来的人生里止不住地怀念。

讨厌过去的自己，抹杀过去的时光，我总觉得这是一件格外悲哀的事。

仿佛那亲历的青春，所有历历在目的岁月，都如船过水无痕，连回响都没有，就虚度过去了。

谁都只能活一辈子，若每一寸光阴不能尽情尽兴地活过，岂不是辜负人生？

雅格布是个高大英俊的德国人，曾经的职业是法律顾问，负责给各种企业准备相关的法律文件。这是一份收入不菲的工作，但他却在30多岁的时候辞掉了工作，来到中国，成为某公益组织的义工。

不少人对他这种天差地别的人生境遇很感兴趣，也对他的选择感到困惑和不解。有人说，外国人嘛，随性潇洒得很，肯定是心血来潮就做了决定。反正人家不愁吃穿，不像我们，生存压力这么大。

他却说，辞掉工作并非心血来潮，因为他想了很久很久。

当然，契机也只是一个忽然而至的念头。

有一次他为一家公司拟一份购买卡车的合约，在完成所有法律条款之后的某个时刻，雅格布想到，那家公司想必已经买到了他们想要的卡车。在那一刻，他忽然很想知道那辆卡车是什么颜色。是红色的吗？还是其他颜色？是崭新的吧？漂亮吗？可是他的职业并不需要他知道这些。

他就这样辞了职。听起来相当任性，却无端让人觉得浪漫。

对他而言，他只是不希望自己的一生仅仅作为旁观者而存在罢了。

他说自己快40岁了，人生很快就到头了。

将从前制订好的人生计划推翻重来，开始任性地做最想做的事，或许是唯一不会让未来的自己后悔的选择。

于是，当所有人都在跟人谈论婚姻家庭孩子丈母娘公公婆婆房子车子的时候，只有雅格布一心念着他心中的那辆红色卡车。

那辆红色卡车，在他的脑海里，一定是最美丽鲜活的风景。

我时常想起下铺的女孩，那个时候的她，心底大概没有任何美好风景，只有一圈圈锁链，把自己的身体和心都锁得严严实实。

不柔软、不强大、不温暖、不快乐，那是一个连她自己都不喜欢的自己。

以为不越雷池半步就足够安全，怎知错过的却是最美好的自己。

我们或许不是她那样的“强迫症女孩”，但也会在意明年的薪水比今年的薪水涨几个百分点，会细数30岁之前需要完成几个人生目标，会掐算着在哪一年必须遇到命中注定的那个他，否则就晚了再也来不及了，会谋划着想找一个有几套房子几辆车的土豪……

这也并没有错。

但倘若有一天，你发现实现这些世人公认的人生目标并不让你快乐，意识到你想走的路和别人不同，你想看的风景在另一片天地，记得要有勇气承认，然后调转方向，拍马而去，绝不回头。

何必强迫自己和别人一样活得整齐划一？若是鱼儿，就游在水中；若是马儿，就奔跑在草原上。

许诺一个自由的灵魂给自己，许诺沿途最好的风景给自己。

问自己：

亲爱的，你有没有很努力地变成你喜欢的自己？

一切都是自己的选择

我的一位女友，是那种长得漂亮，为人又谦和的女孩，很讨人喜欢，从大学到职场，向来追求者众多。其中两位追求者最长情：A君家境好，事业有成，待人温柔，成熟稳重；B君英俊潇洒，才华横溢，性格有些孩子气，却最懂浪漫。

女友最终选择了A君。

周围的朋友都喜欢B君，不免为他抱不平，背着她议论纷纷：还以为她和那些拜金女不一样，看吧，果然还是金钱力量最大，高富帅高富帅，重点是富，帅不帅有什么关系。

女友偶尔听到了这些议论，也只是笑笑，并不生气。

一次去星巴克闲坐，我终于忍不住问她，真的是因为A君更有钱，才选了他？

女友慢条斯理抿了口杯中的卡布奇诺，答非所问地说了一句："前阵子，他们俩工作上都有些不顺。"

A君是自己开的公司现金流出了点问题，B君则是与顶头上司不和，在工作上诸多摩擦。"工作不顺是常有的事，谁都会遇到，但两个人面对问题的态度，还有对待我的态度，简直是天壤之别。"女友说。

那段时间，A君忙得脚不沾地，焦头烂额，与她的联系也变得少了，但他仍然不忘隔天在微信上问候一句，他很坦然地告诉她，公司出了点状况，最近太忙，没有时间见面。女友安慰他几句，他就笑说："嗯，别担心，我肯定能渡过难关。"

B君因为工作不开心，找她的次数反而变多了。有时在微信里向她抱怨顶头上司性格恶劣，不懂用人，偶尔见面，也总哀叹自己怀才不遇。女友劝说几句，他就要脾气说：“你说得轻巧，我有什么办法，这个社会太不公平了啊，机遇全都给了那些会钻营的人……”

听到这里，真相大白。我们都以为她拜金，其实她拜的是生活。

“你知道吗？那天他和我见面的时候，不仅头发没有打理，衬衣里面的T恤也穿反了。”女人真是心细如发，但这些细节已足够说明问题。

人生还长，谁能料到前路上风雨几番？她不愿和一个遇到风雨就满腹牢骚、遇到挫败就理所当然把生活过得一团糟的人携手走过一生，也是理所当然。

从前总以为，我们需要满身金银，才可以把生活打理得美好有趣；以为需要流浪到世界的尽头，才证明自己活得自由。

后来才知，真正的美好和自由是什么呢？应该是你哪怕在人生最低的低谷里，脸上也仍有笑容，心底仍有希望；是你哪怕活在尘埃里，也可以坚韧地在尘埃里开出花来。

活得美好和自由的前提是，自己决定自己的生活，自己主宰自己的心情。

网上有一组很火的照片，发照片的人贴出了她的两个同学，一墙之隔下两个姑娘不同的生活：

“墙左边的姑娘每天的生活是看泡沫剧，看累了就叫外卖，手头上偶尔有点闲钱就去逛街买衣服，她抱怨考试很难过，身材不好没人追，去社交场合没话说。她苦笑指着对面，不像她，那么好命。可她不知道，墙右边的那个“好命”的姑娘，已经在她看泡沫剧的时候自学了法、英、西三门外语，好命姑娘在社交场合能侃侃而谈，是因为好命姑娘看过的书比她吃的快餐盒摞起来都要高，好命姑娘还会攒钱每隔一段时间就去旅行。左边的姑娘跟我抱怨，生活无聊又没趣，好命姑娘却告诉我，夏天的时候托斯卡纳的大波斯菊很美。”

很简单，你现在过得如何，取决于你过去做了什么；而你现在所做的一切，会一点一滴堆砌出你未来的模样。

一切都是自己的选择。

自由的选择。

我经常去的咖啡馆，在鼓楼附近一条外国人扎堆的胡同里。去的时间长了，我就和在那里兼职的女孩成了朋友，人不多的时候就请她喝杯咖啡，聊些闲话。

她告诉我，她是大学生，家境不好，不想增加父母的负担，所以自己出来打工挣学费和生活费。她又告诉我咖啡馆的老板夫妇人很好，准许她按照自己的时间自由排班，给的薪水也比别家高。晚上她还会去附近的餐吧兼职，外国客人多，可以顺便练一练英语口语，她最近在考托福，打算出国留学。

我知道和她同龄的人，都在无忧无虑地逛街，看电影，和男朋友约会，可是这个开朗的女孩，说起自己的事时总是一脸甜甜的笑容，让人不自觉地就忘了她的辛苦，只想开开心心为她说声加油。

有一次去餐吧，她不在，我点了店主推荐的手工甜点和滴漏咖啡，坐在那里和老板娘闲聊。聊到兼职的女孩，老板娘笑说：

“是个相当不错的孩子呢。她刚来那会儿，咖啡馆生意不好，她那时兼职费也不高，却很费心思地帮我们想了不少提高人气的办法，你看，现在店里的推荐菜单，还有每周的小众电影放映会，都很受欢迎吧，其实这都是她当时出的主意。”

老板娘笑得温柔，我想起女孩说起老板夫妇待她好时感激幸福的表情，觉得自己都变得温暖幸福起来。

她拿到美国名校全额奖学金的那个周末，我照例去咖啡馆，她请我喝我最喜欢的冰激凌拿铁，又送给我一包她亲手烤的巧克力曲奇。

“谢谢你。”她说。

我惊讶道：“我什么也没做啊，全靠你自己努力。”

她却笑着摇头：“其实不仅要谢谢你，对这几年间遇到的所有人，我都心怀感激。”

如今，咖啡馆的墙上贴着她从美国寄回来的照片和信。

照片里的她清瘦了不少，也变得更漂亮了，站在加州明媚的阳光下笑得满脸灿烂。

信上，一字一句，全是感谢：感谢老板和老板娘，感谢这家咖啡馆，感谢她结交的朋友，感谢四年间咖啡馆里所有的客人。

这真是一个太棒的姑娘。

糟糕吗？辛苦吗？卑微吗？艰难吗？从她身上，我一点也没有看到。我只看到一个坚韧努力的姑娘改变命运的过程，就像在创造一个奇迹。

其实怎么会是奇迹呢，一点一滴的改变，都是她应得的回报。

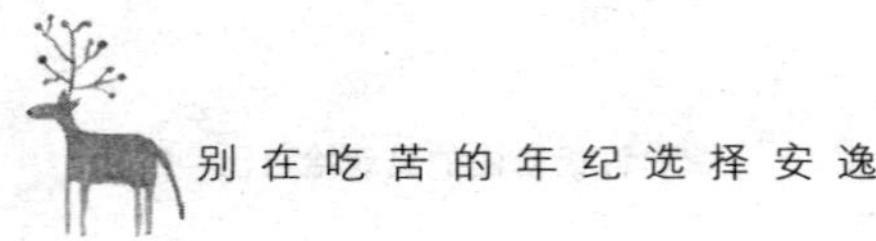

从来没有糟糕的生活，只有不用心的人。

我们都可以做出选择：选择在拥有健康、美貌、才华、能力时，仍然把生活过得乱七八糟，然后抱怨命运没有给出更好的选择，也可以选择在人生一无所有的时刻，打理好自己，过得像一个真正的心灵贵族。

出身、家境不能选择，的确如此，但生活真的是一件可以选择的事。

你永远可以去选择：努力，乐观，快乐，温暖。

或者相反。

你要相信黎明终会抵达

三年前，我在咖啡馆里遇见一个头发银白的外国老太太。她叫崔斯，来自新奥尔良。崔斯说自己退休以后就在外面旅行，我想她的旅行一定是去欧洲小镇度假或在海岛海边悠闲地晒着阳光浴。

老了退休了不正是需要这样的日子吗？安逸而清闲，在阴凉的庭院里拾花弄草，喝着下午茶，听着音乐看年轻时没有时间看的书。如果旅行也不至于太折腾自己才对。可是当她拿出自己的旅行风景照时却让我大跌眼镜。

她去的地方大多是沙漠、高原、原始森林，照片里尽是黄沙、悬崖和苍凉。她站在撒哈拉的沙漠上，身后是一轮通红的沙漠落日，她的银发在照片里闪光。在亚马孙的雨林，她手里提着半人高的不知名的鱼笑得开心。

哪里有什么海岛沙滩小镇别墅。

我一时惊叹，脱口说：“您这么大的年纪还能去这样的地方？”

她笑了笑，正经地对我说：“年纪和生活的状态没有必然的关系。”

的确，没有人逼她走向荒漠，是她自己寻着去的，不是为了证明什么，只是她觉得自己还可以走，还可以到处看一看，于是就背起包走了。

崔斯说，她一直就想当个旅行家，年轻的时候因为工作的关系没有机会，但现在不用工作，有机会了就开始实现一直以来的梦想。

她说，不管从什么时候开始，只要迈出了脚步就为时不晚。

一个满头银发的老太太还在为了理想上路，我们又有什么资格不努力。努力其实并不那么难，只需要闭上找借口的嘴，从外界的诱惑中收回目光，从浮躁和五分钟热度中沉淀下来，然后给自己一个信仰，相信总有一天你会成为自己想要成为的那个人。因为心中有念想的人即便走得慢一些，即便最后走不到终点，也总不会迷茫。

你要相信，自己的肩膀总有一天可以承担未来，这样在幸福降临时，你才有能量来迎接它。

你要相信，那些爱过的人，受过的伤，错过的桥都是必要的，它们把你变成这个世界上最独特的人。

你要相信，那些最难到达的地方，那些需要一直奋斗才可以获得的事物，才最值得花时间坚持和等待。

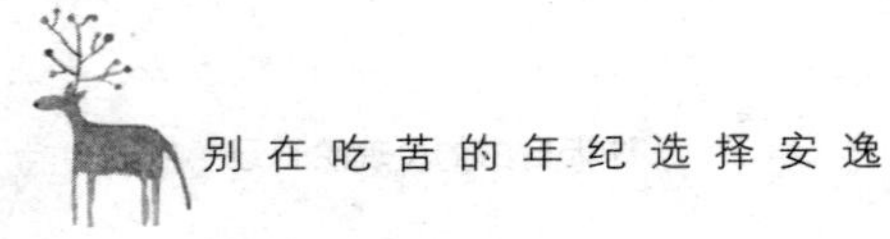

你要相信，最难办到的事有时候是最好的事。

你要相信，对自己坚持的事情热忱，美好的事情就会慢慢降临。

你要相信，生命最精彩的地方永远是自己成就的，而不是靠别人取得。

邻居是一个相貌并不出众的姑娘。她家境并不富裕，一件褪色的粉色棉衣穿了整整一个冬季，却一直干净整洁。19岁那年，她和我一起考上大学，她的父亲给了她1万块钱，说这是家里全部的积蓄，今后的一切需要她自己来扛。以我那时的眼界来看，这真是人生最痛苦的事，那些钱如果不算生活费的话，只够一学年的学费。

在我的印象里，她一直是一副怯怯的表情，见到陌生人总是不知所措的样子。可就是这样的姑娘，到学校报到的第二天就开始打听兼职打工的活，第三天也不知从哪里找到了发传单的活，就开始向表情木然的行人一次次伸出热切的手，又一次次被拒绝。我不知道当时她是用什么说服自己克服了自卑与恐惧，才能把这件事情一直坚持到第一个学年结束。

这一个学年她打了三份工以贴补每月的生活费，没有落下一门功课，学期末拿到了校级的奖学金，第二学年的学费有了着落。

第二学年，学校的功课重了起来，四六级考试，各种证书，最后学年的奖学金依然属于她，兼职打工她也一刻没有停下。偶然在校园里遇见她，只觉得她似乎每一分钟都在计算着下一分钟要做些什么，仿佛一停下她的生活就会崩溃。

她曾经话很少，但渐渐地变得开朗起来，谈吐也落落大方，她还参加了学校里最大的实践社团，比谁都热衷参加社会活动。大三那年她会画一点淡淡的妆，她成了班级里最早找到实习工作的人。大四那年大家都在为工作焦头烂额的时候，她从容地进了一家广告公司做策划。

毕业典礼那天，她作为优秀毕业生代表发言。她说当父亲拿出1万块钱说这是她四年全部的学费和生活费时，她就告诉自己绝不能让自己的人生止于此。因此这四年她规定自己每一天都要有成长，每一天都要有收获。因为她不想以后成为为钱发愁的人，不想一辈子辛苦，她想出类拔萃，想优秀到可以做自己想做的事。她有梦想，所以一直努力，一直坚持。

有些人把自己的生活过成了一条河，一直不断向前奔，遇到转弯的地方就变成泥沙沉淀下来，永远无法到达海洋。其实遇到转弯，我们需要的不过是一点坚持，一点希望。

电影《肖申克的救赎》里被判无期徒刑的瑞德说，希望是世界上最美好的东西，是人间至善所在。在那堵高墙里，所有的异动都无法存在，只有希望不灭。

其实希望一直在我们心里，当我们遇到生活的不公，也许一颗怀抱着希望的平常心能让我们在黑暗里从容地找到通往前方的大路。

表舅家的小姑娘，24岁，在一家外资公司任职。表舅家世代都是农民，表舅妈在小姑娘3岁的时候摔伤了脊柱，再也没能下床。小姑娘为早点给家里一些支持，毕业时推掉了导师推荐保研的机会，进了现在的公司。这个没有任何销售经验，性格内向的农村姑娘硬是在公司里上演了一出现实版的《杜拉拉升职记》。

她并不是没有绝望过，放弃研究生机会的时候，来到人生地不熟的大城市的时候，销售方案被否定的时候，和公司同事的偏见对抗的时候，被人际间的钩心斗角伤害的时候，一个月里没有一笔订单的时候，每次想到家里，想到父母的时候，她都觉得生命艰难而孤独。可是她最终还是撑了下来，笑脸迎人，同事下班了，她还在给客户打电话。为做一个出色的营销策划案，她加班到深夜，直到保安拉了整层楼的电闸赶她走。她说自己一定能成为一个出色的销售，一定可以做出最好的营销策划案。

小姑娘独自在外，没有人帮，但每一个真正扛得起生活重担的人都是自己一个人咬牙挺过来的，挺过来了就一切都不一样了。无论生活如何，我们总得抬着头往前走。高楼再灰暗，但总会有阳光穿透过来。那些光，就是把失意变成诗意的希望。

一切的知识都是徒然的，除非你有了希望。因为这点念想，我们就有勇气咬牙蜕变，所有的不安也将在这样的念想里落了地。就像《永不妥协》里的单身母亲一样，没有工作，没有存款，在最倒霉的时候只有更倒霉的事情找上门，但生活只要有一线希望她就不会妥协。所以你要对自己说，在最困难的时候也要坚强地对待生活，认真地对待自己。不怨天尤人，不歇斯底里。告诉自己可以哭，可以弯下腰去把尊严放下，但即使自尊被踩碎也要重新站起来继续出发，永不妥协。

要相信努力的意义，相信无论生活多么艰难，美好的东西都不会消失，太阳会照常升起，无论过去还是将来，一切苦痛都会过去。

要有多努力，才能显得不在意

又一次被广播站站长当成个案来批评了。

“播音的时候，话尾不能掉下去，没声没气的。这样你说得憋气，别人在外面听着也憋气。”

小乔沮丧地低着头，硬是把那股想要摔门而去的冲动压制下去了。

“老娘这段日子也憋气，说得憋气你们就听听好啦，不想听的当初别招我啊。”小乔愤愤地在日记里写道。

这个号称全国最好的研究生院，并不是小乔最想来的。她想去的那个学校，凤凰花会开两季，一季新生来，一季新生走。她甚至都已经设想好了，没课的时候到海边去听潮声，秋天的时候要去园博会，天气好的时候在环岛路骑车，从轮渡到另一边的岛屿上听钢琴声。

虽然她已经尽了十二分的努力，但是因为准备时间太短，英语差两分没上那所学校。拖着几大箱行李来到这个望京的小院时，楼外攀满了爬山虎，连窗户都几乎全部遮住，一大片新绿葱茏，反照着黄昏的阳光。

虽然有无数名人从这里走出去，无限深情地撰文怀念过这个小院，但在小乔看来，这里就像个笼子，禁锢了她曾经幻想过无数次的美好青春。

自从到了望京，不知是刻意还是无意，生活过得没有了时间概念，每天被电话和短信吵醒，可是却一点都没有充实感。反而陌生和恐慌一点一点地渗进来，就如同窗外不知不觉秋深了的寒意。

在很多时候，她一个人去看戏、写歌词、画画，也看晦涩的专业书，因为做这些事的时候心里特别平静，不会乱发脾气，不会焦躁地想找人说话，还能让情绪不自觉地有了出口。她觉得自己就是靠着这些苟延残喘地守着日子。

在第一学期快要结束的时候，小乔突然发起了高烧，连续三天三夜39℃以上。她反复地做梦，在每个梦里兜兜转转，醒来头痛欲裂，床褥都是淋漓的汗湿透的印子。第四天起来身上开始迅速地布满红疹，去医院一检查，才知道是水痘。倒也不是很严重的病，就是真的痛苦。

被隔离在单独一人的宿舍里，一整晚一整晚地痒，伴随着依然的高烧不退。就在这个时候，有朋友告诉小乔，她初恋男友的父亲刚刚因病去世了。当初他们分开得仓促又决绝，她曾经在每年的春节都给他父母发拜年短信，后来他有了女友，她不知用什么身份再问候，他也漫不经心地说，有什么不合适的。

小乔要来了他现在的电话号码，给他发短信，说自己都知道了。

她把“不难过，我会陪着你”几个字打出来了又删掉。她睡觉都要握着手机，以防他半夜伤心了睡不着找不到人说话。而那个男生从始至终都不知道，小乔陪着他说了很多话的夜里，是怎样因水痘发作难受得辗转反侧，咬着牙才熬过了每一分钟，每一小时。分秒如年，一点都不夸张。

在小乔慢慢痊愈之后，与那个男孩的短信往来也默契地渐渐少了。如果说再次联系上他也得到他即时回应而让小乔有过短暂错觉的话，那么后来，她反而感到很坦然。

曼德拉和甘地陷于囚室，也禁锢不了他们伟大的灵魂。但我们都是普通人，都曾因为得不到的糖果，实现不了的梦想，而一度将自己打入囚笼。没有人能够放你出来，因为钥匙就在你自己手上。也许会遇到一个契机，也许要经过漫长的岁月，你才能从容地走出来。

那一年的圣诞节来得特别早，小乔还在隔离，只能眼巴巴地在班级群里看大家吐槽。过了一会儿，门被敲响了，她打开门，十几个同学站在门外，班长把一小袋包装得十分精美的苹果放到她的手里，有点小抱歉地说：“其他同学没有出过水痘，没法一起来看你。”“没关系没关系。”小乔一时不知道说什么好，只能拼命地又摆手又点头。

“嘿，在外面听着是很可爱的女声，不错！”小乔病好后回广播站第一次播音，站长拎着水壶笑眯眯地走进来对她说道。

遗憾是一种更高级别的告别，疼痛也是。这一场悠长的梦，终于醒了。小乔想。

Part 2

若你有梦，此生就值得庆幸

你的归宿是自己

艾丽从香港回来，第一件事就是约闺密去后海酒吧。

酒吧里有一男一女驻唱，唱的都是悲伤的情歌。艾丽点了人称“少女杀手”的螺丝起子，光看着不喝，满脸忧愁。

男友毕业后去香港读研，她不找工作，不挣钱，却花爸妈的钱买机票订酒店，直奔香港，只是为了向甩了她的男友要一个解释。

她是个漂亮女孩，她男友也是个帅哥，两人手牵手走在大学校园里时，极其养眼。周围的朋友都说他们十分登对。可惜登对永远是别人眼里的风景。

艾丽仅仅只是漂亮，学业不行，智商不高，她男友却是个胸怀大志的“学霸”。话不投机半句多，学霸男友对她的不满越来越多。他嫌艾丽不够聪明，嫌她不够独立，不上进，说她是没有理想、没有自我的女人……

大三那年，男友争取到了去台湾当交换生的机会。因为要分开一年，艾丽很不高兴。男友一心忙着准备，一句安慰的话也不说，只问她毕业后有什么打算。

艾丽撒娇，我跟着你，你去哪里我就去哪里。

男友报之以冷笑，那也要你有本事跟过去。

艾丽不明白，她的确不够聪明，没什么爱好，也没有什么非要实现的梦想，可是，这些都是不能被原谅的吗？她是个女孩子啊，难道不是天生就该被宠爱、被呵护吗？

我不想跟一个和我没有共同语言的女人共度一生。这是男友和艾丽分手时给出的理由，足够斩钉截铁了。而追到香港想要一个解释的艾丽，或许真的是不够聪明。

闺密劝她，好好找份工作，努力生活，没有爱情你也可以活得足够美丽。

艾丽听不进去，说："以后一定要嫁一个喜欢漂亮女人的老公。"

像藤蔓一样依附爱情而活的艾丽，你我身边皆有。

也常常听到这样的论调：女人是为爱情而生的，女人是感性的动物，女人一定要嫁得好……甚至曾看到有人撰文，探讨文艺女青年的归宿是什么，洋洋洒洒一大篇，结论只有两个字：男人。言下之意，嫁不了一个有钱有貌有才有地位的单身男人，女人就算再美，再有钱，读再多书，有再大成就，也得不到幸福。

仿佛女人拼命努力让自己独当一面，拼命修炼成为更好的自己，仅仅是为了在爱情里如意，在一个更好的男人那里看到回报。

海米是我们这一众闺密当中年纪最小的一个，也是最"恨嫁"的一个。

她样貌不错，性格好，料理、家务、插花、茶艺，无一不通，学烘焙，天分奇高，不出一年已是可以拍教学视频的水平。总之，她在工作之余，时刻都在为了成为一个"好妻子"而努力，仿佛人生的全部价值就在于此。

偏偏越恨嫁，越嫁不出去。

"为什么呀？"她问我们。

我们只好反问她："你为什么这么着急把自己嫁出去？"

海米的第一任男友是大学时期的交往对象，那时她和他如胶似漆，做什么都一起，天天在我们面前唠叨她一毕业就要结婚的打算。结果，毕业了，婚没结成，男友为了工作去了另一座城市，说要分手。她不肯，为了追随他，甚至放弃已经签好的工作。不过半年，两人还是分了手，她只身离开他所在的那座城市，什么都没有带走。

找了新的工作，开始了新的生活，她又交了新的男友。如今，不到一年，她身边的男友已经换了三个，自然，她并没有找到那个可以嫁的人。

自从我们几个认识她以来，就从没见她单身过，永远在着急忙慌地恋爱，考察哪个男人可以托付终身。在她眼里，嫁人就像一个终点，所有的漂泊有了归宿，所有的努力有了回报，所有的奔波都可以结束，好比童话的结局，王子和公主从此幸福地生活在一起，不必再问后续。

若你问她有没有想过嫁人之后的生活，她会说当然想过呀。

我们都知道她设想的生活：从此有了依靠，不必再独自一人苦苦支撑，工作遇到问题，不用再压力大到吃不下睡不着，大不了不干了，再找其他工作，就算暂时不想工作了，也没关系，反正有老公在呢。

为了这梦寐以求的安逸生活，她努力减肥，努力让自己变漂亮，努力让自己的"好妻子"技能多一些，再多一些。

我们几个闺密对她是恨铁不成钢。明明是一个美丽优秀的女孩，有一份不错的工作，过着不错的生活，就算失业，当料理老师、茶艺师、拍烘焙教学视频都可以养活自己，就算没有恋爱，一个人也过得足够丰富有趣，她却总在哀叹自己人生好失败。

从什么时候开始，爱情婚姻上的缺失已经可以用来定义一个女人的失败了？

大学一位学姐，读书极有天分，志在成为专业领域的研究型学者，读完研究生，打算继续读博深造，谁知这个决定换来的却是母亲一通哭天抢地，“你再读下去，哪个男人还敢娶你？”

学姐很难过，在微博上说，为什么嫁人比做自己想做的事更重要？为什么找到一个男人比实现自我的价值和事业的成功更重要？

庆幸的是，她没有妥协，以一股发狠的劲头告诉母亲：哪怕一辈子不结婚，我也要做我想做的事！

读博期间，她申请到国外一所名校的访问生名额，出国不久，又在那边参与了一个研究项目，与担任助手的欧洲留学生相恋，事业爱情两不误。

女人的归宿是什么？不是男人，爱情，家庭。

女人的归宿，是自己。

任何人的归宿都应该是自己。

人这一辈子，山迢水远走到最后，都只是“自己”两个字，能对你的幸福负责的，也只有你自己。

女人修炼自己，不是为了在爱情里功成身退，安身立命，而是为了不需要爱情和男人也可以活得骄傲自由。

你当然可以追求爱情，但要在独立、自由、快乐、骄傲的前提下，找到一个和你并肩、与你对话的人。

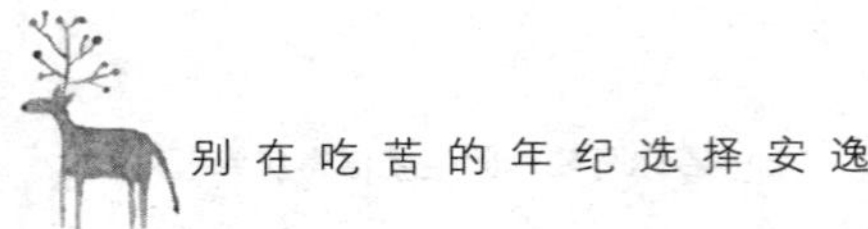

否则的话，请你回过头来修炼自己：旅行、读书、处理工作及家事，追求梦想，实现价值，存足够的钱，为自己一掷千金，滋养自己的容貌、生活和心灵。

因为这个世界给予女人的资源，对女人的要求，对女人价值的评判标准，并不公平。它要求你像男人一样努力生存、竞争、奋斗才能出人头地，却在同时又要求你不必那么努力，要甘居于男人之下，才能受到青睐。

女人，这才是你要拼命修炼自己的原因——为了有朝一日，你有更多的选择，有对人生一切不合心意的选择说“不”的权利。

云淡风轻，自信微笑

每次回家，我都会跟发小见面。

她和我年纪相仿，已早早结婚生子，如今她的儿子追着我叫阿姨，让我深刻感觉我与她已身处两个完全不同的世界。

但两个人夜里挽着手去逛街，逛累了心有灵犀地进茶楼，VIP茶座上的丝绒帘幕一拉，一杯香薰花草茶入口，就百无忌惮聊起来，才知道她仍是当年那个爱漂亮、善良温柔、心思单纯得教人心软的女孩。

她说：“我喜欢你的自由。”

我开玩笑：“自由也有代价，你看，我挣得比你多，花得也比你多，未成家未立业，人生仍是一盘散沙。”

她不同意：“可是你一个人生活，不受拘束，靠自己挣钱，做自己想做的事，爱自己想爱的人，这已是最大的幸福。”

年纪轻轻结婚生子，要处理的人情复杂，要忍受的家常琐碎，要面对的未来漫长而又茫然，我能想象。

她受了委屈，只能一个人哭，这我也知道。

有时，看到她发状态倾诉烦恼，除了安慰，我别无他法。

再好的朋友，也不能分担彼此人生。

所以，她也并不知道我独自在外忍耐了什么，熬过了什么，才有今日这般看起来毫不费力、自在幸福的模样。

不知道我要有多努力，才能换来她一句发自内心的“喜欢”“羡慕”。

人生大抵如此。

能放在台面上来说的，永远是外表的光鲜。

光鲜之下的辛苦努力，只能独自饮下，沉默品尝。

全球最著名的性感内衣品牌之一维多利亚的秘密在英国伦敦结束了它名扬世界的时尚内衣秀，数位被称为“维密天使”的超模们，穿上为她们量身定做的华美内衣，在T型台的闪光灯下走秀，赚足了全球女人艳羡的目光。

完美的面庞和身材，舞台上无可企及的耀眼光彩，名利双收的职业，谁人不艳羡？

没有多少人会去细想，为了以无可挑剔的满分状态站上世界性的舞台，维密天使们付出了怎样的努力：

隔绝美食，严格控制卡路里摄入，按照规定好的食之无味的食谱进餐，每日必须完成庞大的运动量和训练量。每一分每一秒，都必须努力维持身材，保养容貌，她们过的是片刻都不能松懈的日常生活——离普通人的日常足够遥远，所以才能置身于普通人触之不及的耀眼光芒之下。

这个世界当然不公平，你我都平凡如斯，没有她们那样天生的身高和美貌。

但这个世界也足够公平，即使是天生的超模，也必须付出代价，经受魔鬼般的自律训练，从地狱般的残酷竞争中脱颖而出，才能够有资格站上华丽舞台，接受万人瞩目。

想要在舞台上闪耀光彩，就得在背地里付出常人难以坚持的努力。

想要在聚光灯下让万众瞩目，就得忍受众人对你同等的挑剔。

想要装酷耍帅，让人艳羡你自由自在的生活，就得对那自由背后的孤独和辛苦保持沉默。

这世上，从来没有“唾手可得”这回事。

在他人眼里看起来唾手可得、值得羡慕的一切，其实我们不知为它熬过多少夜，流过多少泪。但我们一定都宁愿对那些暗夜里的孤独和眼泪里的苦涩绝口不提，宁愿只让世人看到我们的骄傲，用掌声和赞美来满足虚荣，而不必让任何人来同情我们经受的苦。

因为，以最好最美的姿态站在所有人面前，云淡风轻，自信微笑，这是你我在暗夜里孤独前行，咬牙撑过所有痛苦的动力。

邻居家的姑娘，比我年纪小，高中毕业就离家在外闯荡，至今还没回过家。

我们在同一座城市工作生活，离得最近的时候，只有三站地的距离，却从未见过面，只偶尔在彼此的社交账号上点赞留言。

我也邀请过她，周末要不要一起喝个咖啡，吃个饭。

她总是干脆利落地拒绝，不给理由。

其实我知道理由。

姑娘从小想进演艺圈，长得却不算美，也没有过人的才能，父母不答应，苦口婆心劝过，打过骂过，她却倔得很，一毕业就走了，发誓不成名不回家。

她这个誓发得毒，岂止不回家，连我这个邻居家的姐姐都不肯见。

大概是怕见到我，想起父母，动摇她坚定的决心。

一开始，当然是四处打工，攒够了学费，她在表演班报了名，上课、打工之余，到处去参加试镜，也尽量争取演路人龙套的机会。

一年过去，两年过去，她的日子依然过得紧巴巴，她的梦想也依然遥不可及。

第三年，她终于给我发信息，问我方不方便见面。

我恰好在外面，便和她约在车站见面。她匆匆跑过来，整个人瘦了很多，留一头利落的短发，虽然仍然不够美，看起来却比以前有味道。她说最近开始在剧场里打工了，也许有机会能演个舞台剧的配角。

搓着手支支吾吾半天，她终于切入正题。原来是想借钱，数额并不大，看来她真的是窘迫得很了。

我没有多说什么，如数借给她。她千恩万谢地收下了。

“真的打算不成名不回家吗？”我问她。

她立刻绷起脸，重重地点头。

“不辛苦吗？”

辛苦。她满脸写着这两个字，但一开口，说的却是倔强天真得令人心疼的话：“不辛苦。总有一天我要让他们在电视上看到我，总有一天我要带着经纪人，穿最美的衣服，开最好的车回家，让所有人都看着我尖叫，求我签名合影。”

看着她那张多少还有些稚嫩的年轻脸庞，我想起张爱玲年轻时候说过的话：“成名要趁早呀，来得太晚的话，快乐也不那么痛快。”

一样的肆意而率真。

为了成名，为了让人另眼相看，努力的动机或许不纯，却足够真实。

谁规定梦想一定要高尚纯洁？衣锦还乡的荣耀，万人敬仰的虚荣心，给你带来的动力或许更大呢。人后努力，就是要为了有朝一日站在人前轻描淡写或者扬眉吐气，这有什么不好？

我们很努力，是为了让自己看起来不费力。

这样就好。

人生原是残酷的冒险

那天，无意间翻到卡梅隆的人生履历。

此前我对这位好莱坞大导演的印象仅仅停留于他拍出了当时

世界票房最高的电影《泰坦尼克号》，后来又拍出《阿凡达》，刷新了自己创下的票房纪录，总而言之，是一位很成功的商业导演。

翻完他的履历才知道，原来他还是单人抵达深海极限（马里亚纳海沟水下近1.1万米）的第一人。

这位疯狂的探险爱好者，曾经花20年时间研究“泰坦尼克号”，是世界上首次使用机器人进入海底沉船遗骸内部进行拍摄的人，他拍的探险纪录片，都是以自己的真实探险经历为题材。

作为电影人，他革新了水下特技，为3D技术带来历史性突破，数次打破世界电影成本纪录，又数次打破世界电影票房纪录。

这是一场时刻都在“折腾”的人生。

“如果你总是担心，而不迈出那一步，那么，你什么都不会得到。”

从他嘴里说出来的这句话，完全是他人生的写照。他永远都在“迈出那一步”，不仅是事业，感情和婚姻也是如此，他活得永远像一个孩子气的老顽童。

有人说，他的生命永远是抵押出去的，抵押给梦想，抵押给冒险，抵押给世界上最美好的事物，抵押给好奇心和对世界孜孜不倦的探索，最后，抵押给他所爱的妻子和儿女。

我很喜欢“抵押”这个词。

热血动漫《海贼王》里的主角路飞出海冒险时，别人问他：“你不怕死吗？死了就什么都没了啊。”路飞说：“我有我的野心，有我想做的事，无论怎么样我都会去做，哪怕为此死去也不要紧。”

他说：“没有赌命的决心就无法开创未来。”

我们活在这世上，何尝不是一场冒险，何尝不是在赌命，在把自己的性命“抵押”出去后，才能换来上天许诺的点滴收获？

把生死抵押出去，才能换一场人生；

把时间和努力抵押出去，才能实现一个梦想；

把爱抵押出去，才能换来另一份爱；

把苦难抵押出去，才能换来未来的美好；

把恐惧抵押出去，才能换来波澜壮阔的冒险；

……

何不倒掉温情脉脉的鸡汤，把人生形容成一场残酷的冒险？告诉自己，假如只是坐在那里，什么都不想失去，什么也不“抵押”，就会坐在原地，让所有的梦想都烂在腹中。

我在咖啡馆闲坐时看见隔壁桌一对情侣，互相拿着小叉子给对方喂提拉米苏吃，你一口我一口，甜甜蜜蜜。

女的忽然问：“你的理想是什么呀？”

男的答：“养你呀。”

听了这个不知从哪儿学来的标准答案，女的假装生气：“我才不要你养。”

“可是我想养你。”

这当然只是情侣间的情话戏言，却让一旁的我想起在英国留学的堂姐。

在去英国之前，堂姐也有一个爱得如胶似漆的男友。

如今她一个人在英国，单身。每天上课、打工，和朋友一起泡吧，来年就要毕业，打算在那边找工作。

有时在线上和她聊天，她都只谈课业、未来的计划、英国的天气，绝口不提爱情。

得知她决定去英国留学时，男友很崩溃，哭着求她不要离开他。一开始，面对他的挽留，堂姐很感动，内心也很动摇，直到男友说出那句话：“你不用那么辛苦去国外念书啊，以后我养你就行了。”

男友家境相当好，说要养她，自然不是说说而已。

但堂姐愣了半晌，才说：“你知道我的梦想是……”

男友打断她：“有我的爱还不够吗？我说了我养你啊。我一定会爱你一辈子的。”

堂姐沉默许久：“我曾经和你说过我的梦想，可是你不记得了，对吗？”

男友真的不记得了，或许在他眼里，女人的梦想并不重要。

堂姐的梦想是成为一名国际记者，为此才选择去传媒业发达的英国学习。可是他却说他养她。他们的交谈根本就是两条平行线。

原本火热的爱一下子冷却下来，她很干脆地和男友分了手。

或许她再也不会遇到像他那样细心温柔痴情的男人了，或许她从此会变成只拼事业的“缺爱”的女人，可是，她并不需要一个不懂得她的人在身边嘘寒问暖，那样的暖巢会变成她人生的牢笼。

很多天后，我看到堂姐在她的推特上写下这样一句话：

“或许别人觉得爱情美好，但我觉得梦想更美好；或许别人需要房子，需要婚姻、金钱、稳定的生活带给她安全感，但我觉得梦想给予的安全感更大。”

所以她的选择是：放弃自以为美好的爱情，和真实的梦想在一起。

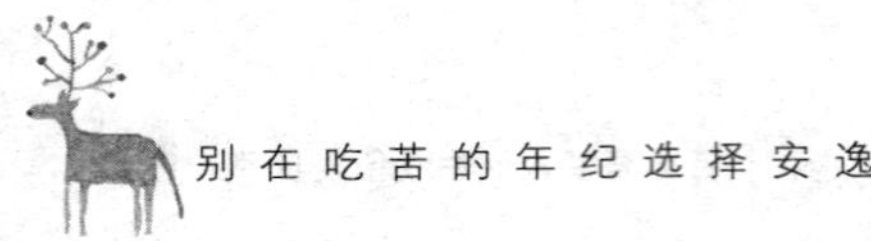

前两天，我参加一个聚餐。席间有人感叹“北漂”之苦，为了梦想来到这座城市，远离家人，忍耐寂寞，挤着地铁，吃着煎饼，辛苦拼搏，如今梦想成了碎梦，不知何时才能成真，而家乡的TA早已结婚生子，幸福生活……

此言一出，附和者众多。在座数人，除了一两个北京“土著”，其余皆是“北漂”，尽管大多数是事业小成，房子已经付完首付的“北漂”，但说起漂泊之苦，都是各有各的心酸，一时间唏嘘慨叹声此起彼伏。

这时，有人冷笑一声，“又想陪父母，又想好好结婚生子过安逸日子，又想实现梦想，事业名利双收，你们以为自己在演哆啦A梦剧场版吗？”

一句话，犀利得让所有人无言以对。

接下来的聚餐，再也无人提起这个话题。

后来我和这位语出惊人的哥们儿又有过一些工作上的来往。

一日谈毕工作，聊起当日的事。

他不好意思地说：“当时我说话冲了点，但我的确很不喜欢听人诉苦。人不可能什么都要，这是一个很简单的道理。难道你不觉得，感叹漂泊很苦，这本身就透露出一种不自信吗？漂有什么不好？比如我，我的梦想是做出一家很牛的上市公司，那我就得把自己抛离安全的轨道，就得漂着，漂着我才能强大啊。你要真给我舒适安稳的日子过着，我还担心我的拼劲会被消磨没了。”

“选择了就要认，否则不要选。”最后他总结道。

的确如此。

我们都不是大雄，都没有哆啦A梦，所以不能任性。把自己抵押给梦想和冒险，就不能再同时抵押给安逸现实。

但勇敢、自由、梦想、努力、志同道合的伙伴，难道不是人生最美好的事物？我们都是为了和这些更美好的事物在一起，才做出了最好的选择，像韩寒说的那样："和你喜欢的一切在一起。"

这是一个简单的道理：当你已经和人生里许多美好的事物在一起，那么对于已经押出去的筹码，就不必再扼腕叹息。

去做让你义无反顾的事

宇欣第一次去芬兰，是作为交换生去留学六个月。

19岁的女孩，在陌生的北欧国家里，看什么都新鲜，玩得很高兴，但是，最后两个月，她开始感到孤独。

孤独到难以忍受，以至于交换期还没结束，她就买机票提前回国了。

随后大学毕业，大多数同学都选择继续深造，宇欣却决定出国工作。不是为了弥补之前对孤独的逃避，她只是很想做一些不一样的事情。

她很果决，却没有失去理智。于是，她投了三百份海外简历，同时也投了二十份国内简历作为退路。

最终，一份来自芬兰的回复将她再一次带到了那个并不热情的国家。白羊座的宇欣很自来熟，擅长和陌生人迅速打成一片，事实上，她在芬兰的前半年时间，的确过得很快乐。她和当地人一起喝酒、聊天、做饭，周末去隔壁的国家瑞典旅行。

但孤独感很快就卷土重来。

赫尔辛基逛遍了，北极圈也去过两回，在码头、广场喂过许多只鸽子，宇欣开始在每天下班后无所事事。她发现，在这个圣诞老人的国度里，人们活得一点也不狂欢，一点也不热情，除了谈论天气，她和他们的对话无法深入下去。宇欣有时坐在公交车里，看着车里的人隔着遥远的距离，彼此都不交谈，就觉得有难以言喻的寂寞。

冬天，极夜开始影响这个国度所有人的生物钟，宇欣有时起床，刚吃过饭，天色就暗了下来。白昼的短暂，阳光的缺乏，令人郁郁寡欢。

十八个月后，宇欣终于选择离开芬兰。

朋友都说，你看，这果然是一次错误的选择。

父母更是对她一通数落：早就让你不要去，现在好了吧，灰头土脸地回来了，工作又得重新找，一切都要重新开始……

宇欣没有时间消沉，也没有打算停下来，她申请到一家跨国公司的职位，同时计划着去中东和挪威边境的北极科考小站。

工作稳定，早日组建家庭，生儿育女，这是父母对宇欣人生的期许。

而一场没有重复的人生，才是宇欣对自己人生的梦想和憧憬。

为什么一定要在很年轻的时候就决定一生要走的路？我还年轻，我想要走遍这个世界，宇欣想要每一天早上起来，都对这一天充满期待。

无关成败，也无关最终的结局。

以梦为马，去做那些让你义无反顾的事，哪怕今日天涯，明日海角，也好过内心颠沛流离于尘世，无梦可依。

“一个理想主义者，应该听从自己的心。”丹尼尔去南美做义工时，给夏幸发邮件。

当时，夏幸正在开会。公司接了一个大单，要她负责创意案，可是预算不够。夏幸在会议上唇枪舌剑地和老板谈判，要求增加预算。

夏幸没有告诉老板，她那段时间正好得到一个机会，可以随一个纪录片摄制组去非洲的塞伦盖蒂草原。

导演系毕业的夏幸，毕业后找不到电影相关的工作，只好靠叔叔的人脉进了这家著名的4A公司。工作中唯一和电影沾点边的是拍摄商业广告和微电影，但她做的是策划工作，除了提供脚本创意，根本轮不到她插手现场工作。

能够随行摄制组，即使只是打杂，也是她一直以来梦寐以求的工作。但如果去非洲，就必须辞掉现在的工作。在上海这座大都市，谁都知道辞掉工作意味着什么。况且纪录片摄制组是几家全球性公益组织赞助的，能够提供的报酬相当微薄。

丹尼尔的邮件里说，他在布宜诺斯艾利斯的旅馆里做了个梦，梦见自己去了还在繁盛之时的楼兰古城。

夏幸遥遥遐想楼兰古城，一面看到老板已经给出预算上限，离自己的理想目标差了一大截。想到自己的创意和策划有一大半要付诸流水，夏幸不由得叹了口气，合上了会议笔记。

老板吓一跳，问怎么了？不就是预算吗？没问题，我相信你能搞定。

夏幸给老板看丹尼尔的邮件。老板夸张地翻个白眼：“布宜诺斯艾利斯？你们这些人，就是太理想主义。”

为什么不能理想主义？曾经在中国留学的丹尼尔，后来回德国在一家法律事务所做法律顾问，服务的客户都是全球五百强公司，薪水十分优渥。但他的理想一直都是做公益事业。几年后，他向着他的理想出发了，从此整个世界都是他的家。

而我呢？夏幸想。

辞掉工作时，夏幸对自己说：“嗯，一个理想主义者，应该听从自己的心。”

米歇尔常被人说成是理想主义者，但她其实没有什么了不起的梦想，她唯一的梦想是：未来有一天和自己的孩子谈起人生时，她有足够的谈资。

年轻时，她试着去做很多事。有一年，她趁着大学寒假，独自去印度做了一个月的志愿者。跨年的那个周末，她和小伙伴们去沙漠玩，年后坐火车从金色之城杰森梅尔回新德里。

当时天色已晚，时间很赶，她和另一个台湾妹子同行，进了火车站，想都没想就上了一辆停在站台的车，松了一口气准备躺下来休息。

查票的大叔过来检票，发现她们坐错了车。本来是要北上新德里，结果上了开往南印度的车。大叔紧张地让他们赶紧下车。当时车已经开动了，米歇尔和台湾妹子茫茫然地被推搡到门边，抱着枕头毛毯就这么连滚带爬跳了下去，幸好没有受伤。

下了车，车上的人都趴在窗口，相当热情地招呼她们赶快上对面的车。于是她和台湾妹子又冲向对面站台，一辆鸣着汽笛的火车刚刚进站。还没停稳，两个人就把枕头毛毯和行李扔了进去，台湾妹子先跳了上去，米歇尔犹豫间已经被车上看热闹的人拽了上去。

一上车，她们又傻了眼。

原来这辆火车也不是开往新德里的。她们正打算等车停稳后下车，谁知被车厢里一群年轻男孩缠住了。一开始只是搭讪，后来越闹越不正经，其中一个男孩甚至想要凑上去亲台湾妹子。米歇尔想起新闻里报道的印度公交强奸案，害怕得浑身发抖。

幸好遇到一个英语很好，看上去很斯文的大叔，上前劝住了这群男孩。大叔问明她们的目的地，还帮她们找到了车。

回到中国，米歇尔不敢和父母提这段经历，怕他们担心。但她和台湾妹子兴奋地说："等以后我有了孩子，一定要跟我的孩子讲妈妈在印度跳火车的惊险故事！"

不仅是印度跳火车的故事，未来她大概还会有更多的谈资，足以跟自己的孩子讲一辈子"妈妈和这个世界之间发生的故事"。

曾听朋友露维莎讲过她的一段见闻。

她在英国留学打工时，常常在假期出门旅行。有一次她决定去挪威，但挪威酒店很贵，于是她想起了"Couchsurfing"（沙发客）。

露维莎发出了几十份Couchsurfing的申请，最终收留她的是一个挪威的四口之家。令她相当惊喜的是，四口之家的男主人居然是一位挪威海军军官，这让从小就迷恋海军的露维莎兴奋到不行。

不料来接她的不是男主人，也不是女主人，而是一位来自泰国的南希，同为"欧洲漂"的亚洲女孩，露维莎和她一见如故。

两人夜里在沙发上分享事物，聊了很多彼此的事。泰国姑娘说她精通四国语言，她告诉露维莎，她的专业是国际教育，梦想是让更多的泰国孩子学会外语，走出来看看这个世界。就像她一样，看看这个世界到底有多大，而他们在国内的烦恼又是多么的渺小。

泰国姑娘的双眼熠熠生辉，露维莎却湿了眼眶。

描绘梦想，我们总是习惯呕心沥血，生怕不能把自己感动得泪流满面。

但实际上，若用最通俗的语言描述梦想的含义，无非就是做你想做的事，过你想过的生活。

为此，无怨无悔。

过一场没有重复的人生，为喜欢的工作远走非洲，印度的某一次跳车经历，让更多孩子出来看看世界的愿望——所有赐予你热情，给予你动力，让你义无反顾想要实现的事，都可以是梦想丰满的羽翼。

尽力去滋养你的梦想

纯爱少女漫画《好想告诉你》中的女主角黑沼爽子，刚出场时，是一个气质酷似《午夜凶铃》的贞子，在班级里被孤立的人见人怕的女孩。但乍看气质阴郁的她，其实是个相当乐观开朗的孩子，即使被所有人忽视、嫌弃，也永远告诉自己下次再努力。

她的座右铭是“日行一善”，梦想是变成一个爽朗的人，交到很多朋友，就像她憧憬的男孩那样。

她每天做的善行都相当可爱。

黑板每天是她在擦；花坛里的花，每天都是她放学后去照看；放暑假了，老师需要学生帮忙，没有人愿意举手，她怯怯地举手，此后每天顶着酷暑去学校；她用心把笔记记得很详细，主动借给大家看；因为大家都叫她贞子，为了满足大家的期待，她会去图书馆借怪谈书，背下里面的恐怖故事，有机会就给人讲；夏季试胆大会，为了让所有人玩得尽兴，她一个人披散着头发穿着白色连衣裙躲在漆黑的树林里，等着同学经过时出来吓人；上学路上她看到一只被遗弃的狗狗在淋雨，会把伞借给它，结果自己淋成了落汤鸡……

沉默、温暖、可爱的日行一善，终于被所有人看在眼里，终于一点点融化了误解，消泯了界限，让她实现了交很多朋友的梦想。

变得爽朗，交到朋友，对大多数人来说，这几乎不能称之为梦想。

但梦想又何必分大小。

只要真挚，即使只是一个交朋友的梦想，也能让一个15岁的少女在青春的眼泪和笑容里蜕变成更好的自己。

只要真挚，日行一善的梦想和做一件伟大善事的梦想，也并没有区别。

我住过大学附近一个小区，小区是老楼，老人多。每天出门去上班，总能遇到遛狗散步的老头老太。一次经常出入的西门翻

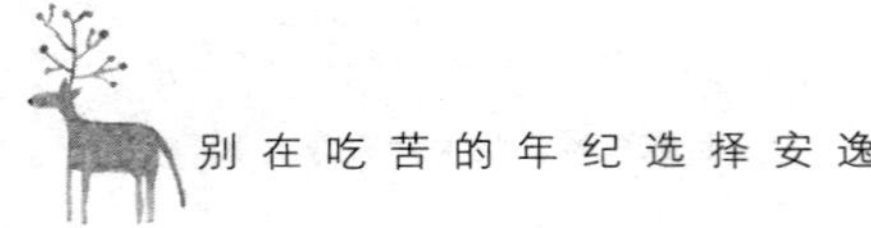

修，我只好绕路去北门，路过一栋楼，发现一楼的院子里有好几只猫，我是个爱猫成痴的人，当然要停下来逗一逗，拍几张照片留念。

这时一个老太太端着好几个猫饭盆出来，呼啦一下，不知从哪里钻出来一大群猫，围过来喵喵直叫，我数了数，居然有20多只。

和老太太聊过才知道，那都是她从不同地方捡来的野猫。有母猫刚生下的小猫，缺少食物养不活，被她收留，有的是从领养机构抱回来的，还有的是被主人抛弃的宠物猫，奄奄一息躺在路边被她捡了回来……

她一只只和我历数那些猫的来历，听得我鼻子发酸。

老太太没有儿女，养了一辈子猫，救活的野猫，收留的弃猫，数都数不过来，那些猫就是她的儿女。

曾经在旅途中遇到一个女孩，她告诉我，她是一个超级动物迷，素食者，坚定的动物保护主义者，同时还是一位刚刚起步的创业者，梦想是有一天在世界各地建立动物保护基金，运营全球性的动物保护组织，用自己的力量和影响力去左右全世界对动物的态度，保护动物们的生存环境。

我问她现在有没有参加动物保护组织，有没有做过类似的志愿者服务，有没有养什么动物，她说这些她都做过，但她现在的重心并不是做这些事。为了实现梦想，她现在必须积累商业经验，积累人脉，学习运营，成就一番事业。

“城市救助站在救每一只他们看到的动物，领养组织在保护每一只他们能够保护的动物，爱护动物的人在抗议、在行动，每个人都在做着力所能及的事，而我力所能及的事，是利用我的能力和野心，做更大的事。”

现在，她创办的公司刚刚起步，她为自己留出了15年的时间，制订了15年的计划，意气风发，干劲满满。

无论是收养自己能力所及的每一只野猫，还是致力于在15年之后构建一个更好的动物生存环境，都让我为之深深动容。

梦想真的无关大小，只要你有，只要你为此去行动。

无论何时，都尽力去滋养你的梦想，总有一天，它会反哺你的人生。

去深圳出差，在客户的公司遇见一位20多岁的年轻助理，她说她的梦想是在30岁那年退休。我被这个奇葩的梦想惊艳到了，连忙问她打算怎么实现。

她告诉我，从大学开始到现在，她做过的工作不下50份，当然大部分都是兼职。目前她收入的来源分别是：升职空间很大的全职工作，写书的版税、兼职广告策划、股票、基金，以及她从大学经营至今的网店。说要“退休”，其实只是辞去全职工作，其余的收入并不会受影响。

“如果不是这几年不断地尝试，我大概永远都不会知道原来我擅长的事情这么多，原来有这么多途径可以赚钱。”

“不辛苦吗？”我问她。

“当然辛苦。大学那会儿，一天三份兼职，算是常态，还要抽出时间念书，研究股票基金。网店早就雇了其他人在管理，我一个人肯定忙不过来。每天的时间都挤得特别满，所以也觉得特

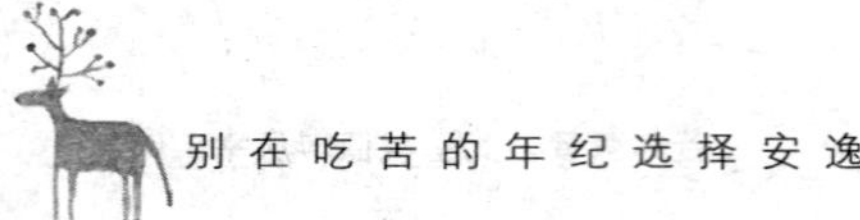

别充实。”

如果是这样的话，退不退休都没有区别吧？我问她“退休”之后想做什么。

她笑了，“第一件事当然是环游世界。退休之前我是努力赚钱，退休之后，我想尝试去做更多不那么赚钱的事，去更多的地方，接触更多的人，然后在这期间，只要顺便赚钱就好了。”

你会觉得这个30岁就想“退休”的女孩懒惰没有志向吗？我想不会。因为她30岁之前的人生履历，已经足够精彩。

她将自己的才能、时间、体力、精力、头脑、智慧完全利用起来，去实现那个多少有些奇葩的梦想，然后她真的可以过上梦想中的生活：赚够了钱，就去环游世界；旅行够了，就去做其他的事情。世界这么大，可以做的事情这么多，我相信她30岁之后的人生，会更加精彩。

等到老去的那一天，她坐在阳光下回忆一生。所有的片段就像烟火划过夜空，华丽璀璨，哪怕最终的结局是消逝，也已尽情绽放过，没有任何遗憾。

小时候我们诉说梦想，总是遥远到伸手不及，却在眼睛里熠熠生辉。那时，我们都期待自己长成更好的大人。

长大后再谈梦想，才知道有太多的人，已在追梦的半路失去踪迹。

宫崎骏的《千与千寻》里有一句话：很多事情不能自己掌控，即使再孤单再寂寞，仍要继续走下去，不许停也不能回头。

用来谈论人生和梦想，刚刚好。

不许停，不许回头，要一直走下去。

走下去，才会看见光亮。

若你还有梦，此生就已值得庆幸。

有些事要趁早去做

两年前的一个初秋，我在图书馆看书时接到我妈的电话，她带给了我一个无法让人接受的消息：我那个三个月前检查出来只是患了并不严重的小病的小姨，病情恶化，现在已经住进了重症监护室，没有多长的生命了。

我妈跟我通电话时，声音哽咽，“几个月前好端端的一个人，现在瘦弱的只剩骨头，像个小孩缩在病床上，谁都不认识了，连自己的儿女都不认识。姑外婆哭得晕倒，天天输液。”

小姨是我姑外婆的第七个女儿，才30岁出头。曾经也是家里娇滴滴的小公主，结婚后便开始朝女强人的方向发展，跟着她的姐姐们学做生意，起起伏伏，后来开了好几家汽车店。

店里的事，家中的大小事都是她来做，姨夫基本是甩手掌柜，不管，也管不了。姨夫家以前什么都没有，现在的家产基本都是靠小姨辛辛苦苦挣来的。

有一次，姨夫晚上停车时不小心擦到了路边的另一辆车，被那个混社会的车主讹诈，赔偿金没谈拢，后来车主带了一大帮人到小姨的汽车店闹事。

小姨让姨夫去外地躲一段时间，她自己一个人出面和那帮男人谈。气场十足的她，让那帮男人佩服得五体投地。

后来，讹诈不但不了了之，那帮人还成了小姨店中的客户。

这样一个在混混面前都毫不惧怕的女人，在病魔的折磨下，毫无反击之力，生命力正一点一点地消失。

在死亡面前，再强大的人都是那么脆弱不堪。

我最后一次见到小姨，是她患病前的那年春节，去姑外婆家拜年。她齐肩的头发，微卷，脸上白里透红，穿着修身黑色长裤和黑色长靴，上衣是件博柏利经典款风衣，体态轻盈，温柔地跟我们聊天，一点都不像女强人，反倒优雅中透着可爱，像是刚过25岁的轻熟女。

而在那之前，我在外婆家看到她的照片，她刚刚生完第二个小孩，胖到了150斤。

那天看到她，想起了那段关于女人的话，一个拥有强大内心的女人，平时并不是强势的、咄咄逼人的，相反她可能是温柔的、微笑的、韧性的、不紧不慢的、沉着而淡定的。

小姨去世后，我听得最多的是对她的惋惜。

那么年轻的女人，事业有成，儿女双全，辛辛苦苦了十几年，却等不到儿子长大，女儿嫁人，事业再一次辉煌。

小姨清醒时，曾在病床上狠狠捶打自己，想不开。她还有那么多想做的事，还没和其他六个姐姐美貌如花地去旅游，还没和丈夫好好过一次情人节，还没给自己好好放个假，还没去美容院体验那个最贵的水疗……

生命没有多少时，才会想起那么多想做的事没有做。

而那时已无力去做，最终，只得遗憾而去。

2012年春天，我在台湾做交换生时选修了一门课，叫悲伤辅导与治疗。在讲到临终看护时，老师向我们解释，人在面对死亡的时候，特别是长期病程的癌症，为什么病人会先持否定的态度，不敢去面对实情，接下来会生气，想不通为什么是自己得这个病，再接下来开始了解死亡是不可避免的时候会呈现忧伤，最终才会接受它。老师讲完后，放了一部电影《遗愿清单》。

两个罹患癌症晚期的老人住在同一间病房，一个是富翁爱德华，一个是汽车修理工卡特，身份地位悬殊的两个人刚开始合不来，摩擦不断，而彼此唯一的相似点便是活在世上的时间都所剩无几了。

卡特随身藏着一张黄色的纸条，那上面写着他想做却未曾实现的愿望，他把那叫作遗愿清单，是他大一哲学课上，老师布置的任务。

某天清晨，阳光洒进病房，爱德华无意之中看到了那被揉成一团丢在地上的遗愿清单：友善地帮助一位陌生人；大笑至流泪；欣赏宏伟的景象；亲自驾驶福特野马跑车……然后，他又自顾自地写上了其他的愿望：跳伞，亲吻世界上最美的女孩，刺一个文身，并鼓动卡特一起行动，完成这些梦想。

“我们是一条绳上的蚂蚱，要么躺在病床上，参加医学实验以期待奇迹的发生；要么采取一些行动。”爱德华如此说道。

曾经不相干的两个人，变成了相依为命的人。

在卡特和妻子大吵一架之后，卡特和爱德华两个人开始了圆梦之旅。

影片的开头是喜马拉雅山的壮丽风景和一段引人思考的旁

白：一个人一生的意义很难衡量，有人认为，这在于此人留下了什么。而有人则认为，这在于一个人的信仰。还有人认为，这在于爱，其他人则说，生命根本没有任何意义。

之后电影的前半部分，我看得昏昏入睡。

让我猛然惊醒的是爱德华和卡特在埃及金字塔顶端俯瞰的宏伟景象。

古埃及人有个美好的愿望，当他们的灵魂到了天堂的入口，神明会问他们两个问题，而问题的答案将决定他们能否进入天堂。

“你找到生命中的快乐了吗？”

“你为他人带去快乐了吗？”

在回答第二个问题时，爱德华支支吾吾，最终道出了他心中的秘密——他和女儿之间的间隙。当我看到他在女儿家，亲吻他的外孙女，然后画掉了那条清单——亲吻世界上最美的女孩时，深深地感动不已。

在现实生活中，生命所剩无几的人不都会如爱德华或卡特这般幸运，还能够完成那些遗愿清单。

大多数人都只是躺在病床上，看时间一点一点过去，时间走了，他们也走了。

有些事曾经没做，之后就一辈子都没有机会再做了。

影片结束后，老师布置了一份作业，假设你只有三个月的生命，你有什么想做的事、想说的话，试着写一份遗嘱。

我已经忘了自己写过什么了，只是在写完这份作业后，我的第一个改变是立刻开始学雅思，一刻也不能耽误，我想要出国留学，我知道那是我内心最最渴望做的事，即便只剩下三个月的生命，我也愿意为此而努力一番。

后来，从台湾回来，在同学都找好工作，保研、考研成功的时候，我居然能心平气和地静下心来学英语，全力备考雅思。

回想起来，我自己都佩服自己的定力。

考完雅思只是第一步，写申请材料又是艰难的一步。那会儿，我就连上厕所都在想自己的优势是什么，怎么样才能让申请书写得有血有肉吸引导师看，学习计划书要如何构思，等等。

后来，当我收到心仪学校的面试邮件时，我想，实现梦想的每一步虽然艰难，但却让你如此心甘情愿，即便最后我面试失败，被学校拒绝了。

我暂时没有实现那个愿望，但我为它付出过，争取过，努力过。

我知道，这个梦想的结局不会是现在这个样子，它未完待续，等着我现在即刻起程为实现它而倾尽全力。

我想去看世界上最伟大的印度教建筑，想去清迈领略泰北田园小清新，想去越南经历人生中必去的五十个地方之一，想在大学期间有交换经历，想要出国留学，为此我拼命学习，努力工作，努力挣钱。

很幸运，这些事大部分我都实现了，除了出国留学。

其实，事情没有那么难，走出第一步，最难的就已经跨越了。

日本有个从事临终关怀的医生大津秀一，从上千例临终病患的“人生至悔”中总结出了人们最后悔的二十五件事，它们是：没做自己想做的事；没有实现梦想；做过对不起良知的事；被感情左右度过一生；没有尽力帮助过别人；过于相信自己；没有妥

善安置财产；没有考虑过身后之事；没有回故乡；没有享受过美食；大部分时间都用来工作；没有去想去的地方旅行；没有和想见的人见面；没能谈一场永存记忆的恋爱；一辈子都没有结婚；没有生育孩子；没有让孩子结婚；没有注意身体健康；没有戒烟；没有标明自己的真实意愿；没有认清活着的意义；没有留下自己生存过的证据；没有看透生死；没有信仰；没有对深爱的人说“谢谢”。

每个人都有自己想做的事，也知道要趁早去做。但是大家都觉得时间还有很多，总之拖延症成了最大的“癌症”。

等到最后，一切都已经来不及了，再悔恨至极。

有些事现在不做，一辈子都不会做了。

但愿这世上谁都不要有这种悔恨。

Part 3

成长了自己，便是好结局

别害怕迈出脚步

照片墙软件上有一位84岁的老奶奶，喜欢穿花哨的衣服，化很艳丽的妆，涂粉色指甲油，爱自拍，活力四射，热情可爱。她的自拍照，常常得到数万人点赞和评论。

我看过她的一张照片，老奶奶穿着一件色彩缤纷的T恤，在一群年轻帅气的男孩围绕下，比出剪刀手，露出孩子气的搞怪表情。她对这张照片的描述是："我喜欢男孩！"

没有人觉得那张满是皱纹的脸不美。

没有人觉得84岁的老女人不能喜欢年轻男孩。

这个活到84岁也丝毫不曾老去的女人，让我想起了法国女作家玛格丽特·杜拉斯对最亲密的女友说过的话："真奇怪，你考虑年龄，我从来不想它，年龄不重要。"

我想，84岁仍然爱美，仍然追逐年轻男孩的人，说着"年龄并不重要"的人，其实都是不在乎结局的人。

在她们眼里，人生是过程，是每一个当下，是此时，此地。

84岁的老女人谈一场恋爱，难道还担心会迎来分手的结局？爱一天，就是赚一天。70多岁的杜拉斯写一篇小说，难道还担心能不能卖出去，能不能换来评论家的好评？多写一个字，都是对这场精彩人生的最好交代。

很多时候我们以为，做一份工作，实现一个梦想，爱一个人，过一场人生，这一切必须指向某个阳光灿烂的结局，否则就是失败，否则就不值得。

其实不是的。

泰国电影《初恋那件小事》，女主角小水，一开始只是一个没有任何长处的平凡女生，唯一拥有的是青春，但青春也只是陪衬，衬托出她的平凡罢了。

青春期的孩子，谁都有憧憬向往。男生向往最可爱、最美好的女生，女生也憧憬最优秀、最帅气的男生。正是在这样的憧憬向往里，他们第一次以他人为镜，照见自己。

从那个名叫阿亮的优秀帅气的学长身上，小水第一次看到自己那一无是处的平凡，并为此深深自卑。

像所有情窦初开的少女一样，为了接近帅气的学长，她做过很多傻事：为了经过他的教室而绕远路；在角落里偷看他的一举一动；甚至在睡觉的时候，会幻想枕头是他的胳膊……

为了能配得上学长的优秀，她开始很努力地改变自己。她申请加入舞蹈社，参演根本没有人喜欢看的话剧，练习军乐指挥……一切都是为了能靠近阿亮一点，哪怕只是一点点。

到了初三，小水终于褪去了最初的平凡，变成了学校里最可爱、最受欢迎的校花。毕业时，她有了足够的自信和勇气向学长表白。谁知学长在一个星期前已经和另一位学姐在一起了。

电影的结尾，小水成为一流的服装设计师，从美国回来与学长重逢。错过了九年，王子和公主终于幸福地生活在了一起，像所有童话的结局。

我看了，却觉得这是一个多余的结局。

灰姑娘失去了她的王子和爱情，但她已经蜕变成长。故事到这里就可以完结了。因为，无论最终她是否能得到王子的青睐，

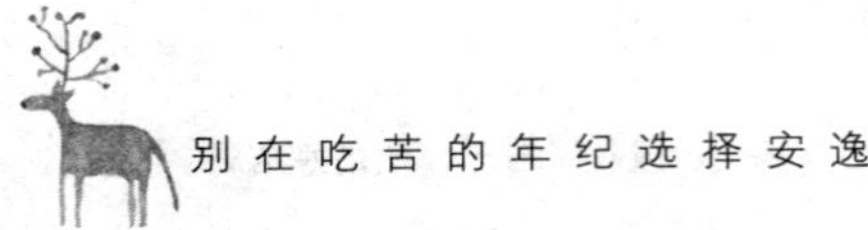

她都已是人群中最耀眼的公主。

这已是最好的结局。

有位朋友，从中学时代开始就一直喜欢日本的某位偶像男星，为了加入大本营设在上海的粉丝团，第一时间得知他的动向，她争取到了在上海工作的机会；为了听懂他说话，她自学日语，考过了二级证书；那位男星很少来中国，她就努力寻找出国的机会；甚至因为这份迷恋，她最终嫁了一个日本男人。

父母曾说她不务正业，朋友也骂她脑残粉，她甚至曾为了去追他的一场演唱会丢掉工作，但直至现在，她仍然是粉丝团的一员，仍然迷恋着那位远在异国的明星，尽管她从来没有和他说过话，见过的次数也屈指可数，有时我问她，她到底为什么迷恋一个永远不能触及的人，她到底想求得一个什么样的结果？

她笑言，不求结果。

要什么结果呢？如今的她，和中学时代那个羞涩内向的女孩比起来，早已不可同日而语，因为参加粉丝团，她交际广泛，锻炼出了一流的组织能力和策划能力；因为日语好，她后来跳槽至一家日企，职业生涯渐入佳境，如今爱情家庭也美满幸福——这不就是最好的结果吗？

并非所有的努力都必须求得一个完美的结局。

仅仅成长了自己，也不失为最好的结局。

有一段时间，身边的人都念叨着一句网络流行语：“累觉不爱。”失恋了，对爱情累觉不爱；工作太忙，压力太大，对工作累觉不爱；一个人苦拼，看不到未来，看不到希望，对梦想累觉不爱……

所有横亘在人生路上的障碍，都会变成了“不爱”的理由。

但你听杜拉斯说：“爱之于我，不是肌肤之亲，不是一蔬一饭。它是一种不死的欲望，是疲惫生活中的英雄梦想。”

世人都以为她说的是爱情，但我却觉得，她谈论的是人生。

我在工作中接触过一个女孩，漂亮、高挑，外形简直无可挑剔，我在心里惊叹：哇，好像模特。

一问，果然她当过模特。

“很久以前的事了。”她提及过往，语气云淡风轻。

几年前，她还是大学生，在一个模特比赛上得了亚军，签了经纪公司，从此开始了聚光灯下、舞台上的光鲜生活。

“真是光鲜。有时穿着厂商赞助的昂贵晚礼服去参加酒会，端着高脚杯，被众人簇拥着，会生出一种自己高贵如公主的错觉。”

没错，是错觉。离开酒会，衣服脱下来送回去，仍然是平凡的自己。但对这样华美的日子，她仍然沉迷了半年，直到有一次，她去赴一个饭局，席上一位富商要求她陪酒，言语里有诸多不敬，她才猛然醒悟过来，或许光鲜的外表，是很多女孩子梦寐以求的，但这绝对不是她曾经梦想的未来。

辞掉模特的工作，她无所事事了一段时间，很快又找到可以做的事。她陪经商的父亲参加某个行业盛会时，结识了父亲一位朋友的儿子，由此开始了人生的第一段恋爱，以及第一次创业。

两个人拿出各自的全部积蓄，开了一家服装店，从电商入手，一步步建立起自己的品牌。曾经做过模特的漂亮女孩，亲自跑工厂，跑渠道，甚至考察原产地，有时一头扎在工厂里，好几天不眠不休，浑身脏兮兮的，蓬头散发也顾不上。

辛苦没有换来回报。服装电商胎死腹中，赔进去的，是两个人全部的热情和金钱，以及爱情。

男友垂头丧气地离开，找了一份朝九晚五的工作，她却没有气馁。第二次创业的点子，是她很早以前去巴黎旅行时就想到的。她自觉这个点子很不错，却苦于缺乏启动资金。各大投资机构，她几乎全都拜会过，可是没有人愿意投资，甚至都没有人愿意听她说话。朋友介绍的投资人，她都是连夜订机票，飞往当地，一个个谈。

她本来就瘦，那段时间，她更是瘦。朋友都开她玩笑："明明可以靠脸吃饭，非要靠努力。"

我也笑道："同感。"

她仍是那种云淡风轻的语气："容貌会老去，努力却不会。"

如今，她仍然和很多投资人在谈，仍然没有拿到第一笔投资。但是我们都知道，成功于她，只是迟早的事；也知道，即使这次创业仍然以失败告终，她也不会停止努力，停下脚步。因为她有"不死的欲望"，她有属于自己的"英雄梦想"。

一个从来不曾停下脚步的姑娘，没有理由不成长，没有理由不从失去里收获更多。

有时我们奋不顾身去追逐，去努力，固然是为了得到一个童话般的结局，得到成功和幸福，但谁也不能保证每一次追逐都能指向圆满结局。

现实往往是：追逐不一定就能得到，努力不一定就能有收获，甚至你拥有的一切，都可能随时失去。

人生的失去、失败，多少带着不由分说的意味，让你早有预感，又猝不及防。

你只能接受，独自吞下苦果。

但每个人也都是在这条路途上一点点成长，一点点蜕皮重生，变得光彩耀目。

别害怕迈出脚步。

所有的结局都是最好的结局。

你想成为怎样的女人

亲爱的表妹，前几天你打电话给我，诉说你在工作上遇到的委屈，说着说着就哭了，哽咽着问我以后怎么办。原谅我当时并没有告诉你怎么办，只轻声细语安抚了你几句。

是的，我能想象你在电话那头梨花带雨惹人怜爱的模样。你从小就长得好看，穿着公主裙，嘟着小嘴，粉嫩可爱，要是你哭了，就算你做了天大的坏事，大家也会原谅你。你一定觉得奇怪，为什么小时候百试百灵的招数，现在一点用也没有。现在的你要是哭了，那个刻薄、脾气又坏的女上司会叫你出去哭，免得影响别人工作。

其实你心里很清楚，外面的世界比不得家里，没有人会像你的家人一样，把你当小公主宠爱，所以你在得到人生第一份工作

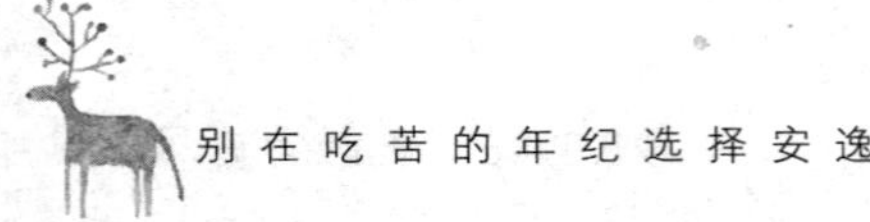

时就做好了心理准备，打算把那些任性刁蛮的公主脾气收一收，像其他人一样，认真工作，和上司同事好好相处。

谁能料到，你一踏入职场就遇到了那样烦人的女上司呢？你告诉我，她也不过30多岁的年纪，并不老，但总是穿一身土气的灰色职业装，就像你中学时那个严厉古板的老班主任，长得不好看，又不苟言笑，让人望而生畏。你说一定是因为你太可爱，又喜欢打扮，她才看你不顺眼，处处针对你：所有琐碎繁重的工作都分派给你做，从来不表扬你，你交上去的文件，哪怕有一个错别字，她都要训你几句，退回来要你重做。

有一次你买了银时代的新款手链，戴在你白皙的手腕上十分抢眼，同事都围过来说好看，偏偏只有她，经过时冷冷瞟一眼，说：“就会在这种事上用心，难怪工作做不好。”你气得泪花在眼眶里打转，死死忍住了没有回嘴。

你在电话里向我哭诉，说你恨死她了，再这样下去，你肯定会忍不住跟她大吵一架。

哭完之后，你很冷静地问我：“如果真的因为跟上司吵架被炒鱿鱼，是不是会影响到下一份工作？是不是你自己主动辞职会比较好？”

亲爱的表妹，看来你已经动了辞职的念头。

其实我无法告诉你辞职的选择是好还是不好。因为我觉得有一句话说得很有道理：你所有的选择都是正确的，只要你能够承担结果，并且绝不后悔。

没错，如果你能够承担辞职的后果，并且不后悔，那你当然可以潇洒地辞职走人，临走时甚至还可以很酷地对那位尖酸刻薄的女上司比一个不雅的手势。

但我想提醒一句，假如你认为辞职的后果不过是丢了一份工作，你只需要付出一些代价譬如时间和精力再找一份工作，那就错了。你需要承担的辞职后果是要接受这样一个事实：你放弃了一份烦人的工作，摆脱了一个烦人的上司，但谁也不能保证接下来你将得到一份更好的工作，遇见一个更好的上司。

现在你明白了吧？

我知道你看过让·雷诺主演的电影《这个杀手不太冷》，还记得娜塔莉·波特曼演的小女孩在某一次被父母虐待后问杀手的问题吗？她问他：“人生总是这么痛苦吗？还是只有童年如此？”杀手回答她：“总是如此。”

这或许是个不太恰当的例子。但我想他说出了人生的某种本质，你不能指望逃离一种糟糕的境遇后，从此就可以过上幸福快乐的生活，这是童话。现实的人生是，痛苦永远不会断绝，旧的痛苦走了，新的痛苦仍会到来，你无法改变境遇，能够改变的唯有自己。

你当然知道公主只能活在童话里，所以你说你收起了公主脾气，可是我看到的，只是你表面的顺从和忍耐，你的内心其实仍然希望自己像公主一样受人喜爱和追捧，不能忍受别人的忽视和责难。

职场需要你顺从和忍耐，你必须在一定程度上听从上司的话，忍耐工作的枯燥琐碎，忍耐其他人，包括同事、上司、客户的缺点和脾气，工作才能顺利进行。但这不应该是被迫的。你之所以顺从和忍耐，是为了自己，为了把工作做得更好，为了让自己

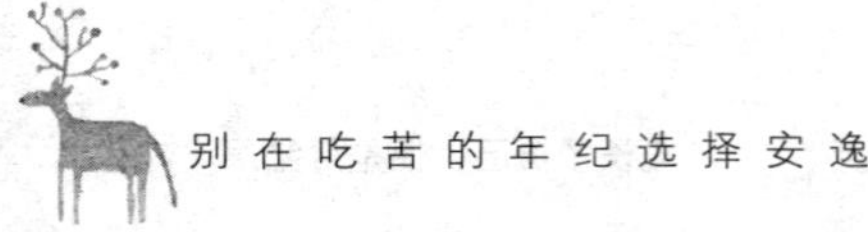

更出色更优秀，而不是为了做给别人看，让别人来迁就你夸奖你。

也许你那位严肃古板的女上司，正是因为看穿了这一点，才对你印象不佳，因而处处为难你。上司也是人，也有情绪和好恶，你不能怪她仅仅因为不喜欢你就针对你。

但如果你愿意换个角度来看，或许你就会发现，她其实并没有那么针对你。委派给你更多工作，也许是在重用你，给你更多机会呢？对你严格、挑剔，也有可能是对你寄予厚望，希望你更完美呢？

即使这些都不是她的本意，你也可以把她所有的挑剔和刻薄都当作是对自己的考验和磨炼，借此迅速改进工作方式和态度，让自己变得更完美。

要脱离糟糕的现状，最好的方法不是逃避，而是想办法让现状变好，好到你不想离开的地步，这样一来，不知不觉你就会发现，自己已经脱离了现状，踏入了更好的未来。

如果你自己不改变，逃避一种糟糕的境遇，结果很可能只是让你落入另一种糟糕境遇。

既然都说到这里了，亲爱的表妹，不如听表姐再啰嗦几句题外话。

不知道你有没有思考过这个问题：你将来想成为什么样的女人？当父母的小公主，男友的小宝贝，轻松工作，享受生活，遇到不顺心的事就撒手不干？还是成为独立自主、可靠优秀，靠自己闯出一片天地的女人？

我并不是要评判哪一种更好哪一种更坏，要知道，女人可是相当复杂的生物，绝不仅仅只有一面。

我有一个朋友，是时下常见的“女汉子”，外表气质性格都和你正好相反。身为销售主管，她的工作作风相当强悍，在公司说一不二，和客户应酬时八面玲珑，喝起酒来以一当三，男人都不是对手。但就是这样一个女汉子，最大的爱好却是料理，每次和她出去玩，她总要带些自己做的精致小点心分给大家，平日里我们也经常收到她做的泡菜或者寿司，而且她最喜欢的颜色居然是粉色，她工作之外的衣服、包包，几乎都是粉色系，在男友面前，她完全就是一个娇滴滴的小女人。

你是不是觉得这样的人很奇葩？或许等你再长大一些就会知道，女人都是多面能手。明明觉得化妆好麻烦，但一定会努力学习打扮；明明是个吃货，却仍然会费尽心思保持身材；不喜欢穿高跟鞋和裙子的女汉子，在必要的场合也会迅速变身成优雅妩媚的女人；就算是个工作狂，也一定会抽出时间来享受生活的一点小情趣；就算在日常生活中懒得不行，也一定会很努力地去学习和尝试新鲜事物……

因为你不知道，生活会在什么时候对自己提出苛刻的要求。有时，你必须成为可靠的人，让上司同事客户都信赖你；有时你需要有强健的身体，强大的心灵，应付生活中的各种难题；你要玩得来小清新，装得了女王范儿，得温柔体贴，知冷知热，在外表上费功夫，花时间丰富内心，让自己成为一个让人惊喜、值得交往的人。

你看，要成为不错的女人，一点都不简单呢。

和这样的女人相比，童话里的公主是不是显得很苍白？

我的表妹，不要再将女上司的苛刻看作天大的烦恼，你已经

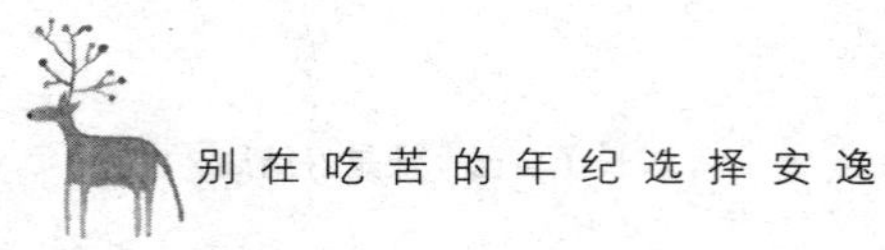

到了可以认真思考这个问题的年纪：

不久的将来，你想要成为什么样的女人？

人生在世，好好感受

他在演艺圈并不红，但身价颇高，口碑极好，算是很有名的演技派。

早些年，他其实是红过的。那时他还是初出茅庐的演员，一次偶然的机会，被邀请出演一部网络爱情剧的男二号，这部剧在网络上播出后，意外地火了，他也因此而走红，接到不少活动和片约。

就在演艺事业正要步入佳境之时，他做出一个惊人决定：暂时辞别演艺圈，孤身前往国外读表演学校。

全部积蓄都投到了学费上，断了收入来源的他为了赚取生活费，开始在课余时间四处寻找打工机会。餐厅，搬家公司，便利店，加油站……他几乎全都涉足过。

等到学成归国，他才知道那部网络剧拍了好几部续集，男二号换了人，照样被捧红。而他如今已被人淡忘，连份拍戏的工作都难找。

朋友都说他傻，此前放着大好机会不利用，偏偏跑大老远去学表演。这下可好，赔了夫人又折兵。

他只是笑笑，并不反驳，他心里清楚得很：离开就会被淡忘的走红，并不值得留恋，从一开始，他就不想当一个只有脸好看的偶像。

那段时间，他没有片约，只是每天默默去剧场排练。

剧场的新话剧，他担纲主演，那还是他在国外表演学校时接到的角色。当时一位在国内还算出名的话剧导演去学校参加一个活动，他主动找导演攀谈，两人相谈甚欢，导演当时正好有意起用新人，他几乎是顺手就接演了导演下一部话剧的男主演。

一部小众的话剧当然不能让他受到瞩目，却在他的表演履历里留下了重要一笔。此后，开始有导演找他拍文艺电影，有编剧指名要他出演某个高难度的角色。他的片约仍然不多，他仍然不怎么红，却已在属于他的领域静静散发光芒。当年那个网络爱情剧里的奶油小生，如今已经变成一个成熟的男人，味道十足的演技派。

后来，他在一次采访中被问道："对自己的选择，有没有后悔过？"

他很干脆地回答："没有。"

记者不肯罢休："可是，当初如果你不出国学表演，没有耽误那几年，现在很可能已经是粉丝无数的大明星了。"

他笑了，我不适合做大明星，我只想做一个演员。

说完，他提起一件事。

其实他之所以选择去国外念表演学校，是因为那个国家有他最崇拜的演员。入学后，他曾经提笔给那位演员写了一封很长的信，叙述自己的经历、想法、梦想，以及他的崇敬仰慕之心。没想到演员竟然写了回信给他，信上说："人生太过复杂，我也不是万事明了，能送给你的只有四个字：好好感受。"

好好感受。

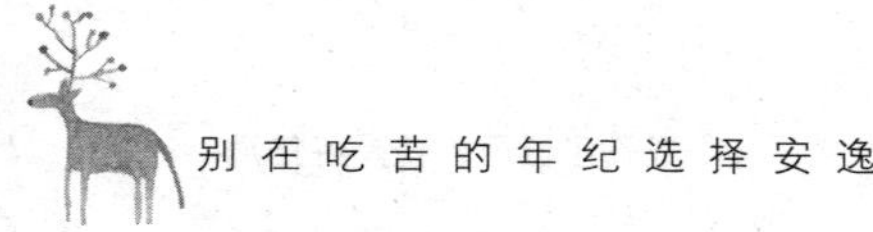

多好的四个字，简直把人生道尽。

人生万事，苦乐、悲喜、得失，怎么计较得清楚呢，你说他放弃如日中天的名气远赴海外学表演耽误了星途，是失，他却觉得那段海外学习的经历让他成了一个真正的演员，就连困窘时四处打工的经历都没有白费，它们全都会成为演技的养料和灵魂，所以这个选择毫无疑问，是得。

怎么可能分得清楚？不如只是好好感受。

得也好，失也罢，都去感受，都让它在途中。反正得也不是最终的得，失也不是最终的失。

有个女孩子，大学毕业三年，换了六份工作。朋友都觉得她太不靠谱，劝她早点稳定下来："别人都辛辛苦苦勤勤恳恳攒经验，混资历，规划职业生涯，你呢，折腾来折腾去，到头来还是个新入职员的薪资待遇，还是长点心吧。"

也不怪朋友吐槽，她第一次辞职，居然是因为暗恋同一个办公室的同事。她暗恋得像个花痴一样，常常偷偷看他，有时他对她笑了，和她说了一句工作之外的话，她都能开心好久。于是暗恋半年后，她忍不住找他表白。

结果他很为难的样子，委婉地说了一些拒绝的话，大意是，我们是同事，我从来没有往恋爱那方面想过，何况还在同一个办公室……她很难过，觉得以后在同一个办公室面对他会变成一种煎熬，因此立刻就辞了职。

此后的五次辞职，没再犯过桃花，却是因为和顶头上司吵架。职场上的人际关系，对她来说简直如同迷宫，她在里面左冲右突，动辄就遇死路。

朋友每次都劝她："很多时候对你上司的所作所为，睁一只眼闭一只眼就好，他说什么，你听着就好了，何必要去吵架？要解决问题，也该用更聪明委婉的方式，难道吵架能够改变你的上司，能够改变你的现状吗？"

到最后，每个朋友都说："你再这样下去，还有哪家公司敢要你？"

她知道朋友说的有道理，却因此生出一股倔强之气。

"你说我不行？我偏要证明我行！"

六份工作，横跨三个几乎完全没有交集的行业。利用周末和假期，她努力学习，拿到三种不同的职业证书。她一边和她认为不够好的顶头上司吵架，一边拼命工作。

第六次辞职时，她正准备第七份工作的面试，不料第五家公司的总监忽然打来电话，邀她一起创业。

"为什么是我？"后来她问。

总监只说了一句："因为你足够优秀。更重要的是，在工作上，你是个不肯苟且妥协的人。"

如今，她成了这家公司的首席战略官。

曾经不懂人际交往、不明白怎么当一个好下属、被朋友担忧找不到工作的人，如今在职场上，已经比所有的同龄人走得更快、更远。

或许是运气。

可是，是谁说过，运气也是实力的一部分。而这份实力，是她那股不肯服输的拼劲儿原原本本换来的。

她以为自己一退再退，一失再失，原来不知不觉间，她其实一直在前行。

原来，所有的得都不是最终的得，所有的失也不是最终的失。

这世上有人说，要过好1%的生活，专心致志，有志者事竟成。有人说，要去看99%的世界，读万卷书，不如行万里路。

于是有人问，到底应该过好1%的生活，还是去看99%的世界？

要我说，最好不问。

人生不过是一场赌局，不上场赌一把，你不会知道结局。

你能够做到的只是：感受一切，体验一切。愿赌服输，莫道遗憾。

一切恐惧都来源于想象

曾经去剧场看实验话剧。

剧场在一条胡同里，是不大却很高的大厅，一半是观众席，另一半就是舞台，彼此之间没有距离，演员触手可及。整出戏只有两个演员，一个是导演系的在读学生，一个正职是白领，于舞台剧完全是门外汉，两人却都演得专注而投入。

主题是恐惧。

一对恋人，对各自人生的恐惧，对现实的恐惧，对未来的恐惧，对亲密关系的恐惧，对感情失陷、受伤的恐惧，对距离的恐惧，对无法把控的自我的恐惧……

短短两个小时的演出，将人心的各种恐惧演绎得细致入微。我坐在那里，看出一身冷汗，觉得那戏里演的处处都是自己的写照。

那阵子，我正处于毕业前夕，职业选择的关键时期，想回老家，却恐惧于此后一成不变的日常，担心自己会屈从于父母的安排生活下去；想去更大的城市，却害怕等在前面的庞大未知，无法下定决心迈出脚步。

那时我刚刚结束掉一段令人心力交瘁的感情，重新开始新的恋情，还没有从上一段恋情的伤痛中走出来，心有余悸地与新的恋人交往着，时时都害怕重蹈覆辙，悲观得不得了，总觉得这段感情也长久不了。对方对我好一点，我就心惊胆战，生怕得到越多，失去越快。自己也不敢过多地付出，怕再次被伤得体无完肤。

真是满心满身的恐惧。

我像被细线缠绕住全身，束手束脚站在原地不敢动弹。

如今离当时不过几年光阴，生活却已转过好几个弯，柳暗花明。回望那时将我困住的恐惧，我总是想起柏瑞尔·马卡姆在《夜航西飞》里写下的话："过去的岁月看来安全无害，被轻易跨越，而未来藏在迷雾之中，隔着距离，教人看来胆怯。但当你踏足其中，就会云开雾散。"

时间最终给了我答案。

时至今日，那段令我心惊胆战的恋情的确结束了，却也没有将我伤得体无完肤。彼此和平分手，还是朋友。我并没有为覆水难收的付出而后悔，也并没有过多地怀念这几年来他对我无微不至的好。并非不够爱，但真实的个中原因也很难讲清楚，或许是因为我在好几年的磨炼中已经变得足够成熟坚韧。

而我最终也选择了去更大的城市工作生活，前方等着我的确实是庞大的未知，气候、生活习俗、空气、人群，一切都是陌生的。但当我踏足其中，迷雾就已散开。我像所有来到这里的年轻人一样，找工作，找房子，在陌生的小区、陌生的街道、陌生的职场、陌生的人际关系间开始新的生活，并且逐渐生活得很好，直到终于融入这个城市的背景和气质，毫无违和感。

由此我意识到，站在今日的眼界和胸怀里，去恐惧于有可能发生在未来的自己身上的悲剧，是一件很可笑的事。

未来的自己，哪怕是明天的自己，都有可能比今日的自己更厉害，更坚强，更闪闪发亮，不是吗？

今日弱小的我看到的如天崩地裂般恐怖的痛苦和灾难，在未来强大的我的眼中，或许只是不值一提的烟云呢。

高中时期的同学，前段时间远赴伊斯坦布尔。关于那座横跨欧亚大陆的城市，她和我一样只是听说那里就像是童话故事，有教堂有城堡，除此，一无所知。尽管如此，她却不顾家人反对，走得义无反顾。

选择伊斯坦布尔，并没有什么非此不可的理由。不是伊斯坦布尔，新德里也可以，布宜诺斯艾利斯也可以。只不过恰好她拿到了伊斯坦布尔孔子学院的申请，而且她恰好交了个伊斯坦布尔的男友，于是就去了。

她的梦想一直没有确切的模样，唯一可以确定的是：梦想一直在远方。

出国之前，她邀请朋友们聚餐，大家都问她，怎么能这么轻易就做出决定呢？难道你不害怕吗？为什么非得去那里工作呢？国内难道没有好工作？一个女孩子家，独自去那么远的地方，谁也不认识，一个亲人朋友都没有，万一出什么事，万一男友对你不好，万一工作丢了，可怎么办？

她说，她的爸妈当时也是这样说的。其实，她自己也知道，值得担心害怕的事情的确太多了，真要说起来，三天三夜都说不完。

“但是，你们知道吗？”她轻轻微笑，表情安然，“对梦想和远方的身不由己的向往，会压倒所有的恐惧。”

如今，她同时在孔子学院和汉堡王市场部拥有两份截然不同的工作，嫁给了伊斯坦布尔的男友，生下一个漂亮的混血儿，事业、生活都顺遂得很。

自然，父母和朋友担心害怕的那一切，全都不曾发生。

有人说，梦想就像一场试探，看我们能够付出多少不求回报，坚持多久不问结果。

看着她，却让我觉得，梦想更像一场豪赌。

付出一切，只为了赌一种可能性。

而仅仅是那一种可能性，就值得付出所有。

身边的很多人都不敢任性，慨叹着曾经的梦想渐行渐远，自己却被生活的琐碎和生存的压力困住，寸步难行。其中的理由各种各样，但归根结底无非是恐惧：对失去的恐惧，对未来的恐惧。

其实，不必为自己找理由，错失梦想，那就错失。或许这错失会延续一生，或许，某一天你会找到一个契机，人生忽然柳暗花明。等到那一天，你会发现，所有的恐惧、担忧和害怕，只不过是因为你对梦想还不够挚爱。

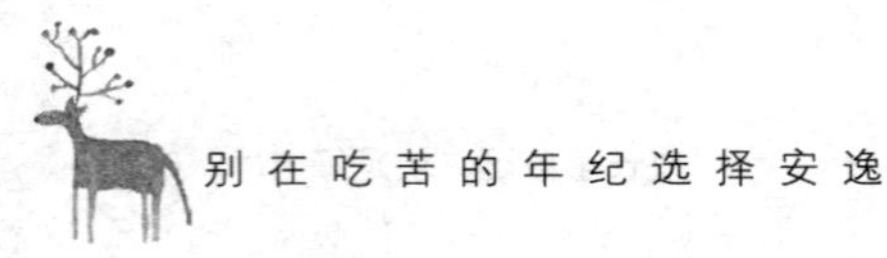

记得当年那场正剧演完后，有一场小小的访谈，编剧从幕后走出来，年轻得出乎意料。她在讲话中，特别感谢了剧场的老板，感谢他对这出并不卖座的实验话剧给予支持。

老板是一位长得圆乎乎的大叔，闻言，他呵呵乐道：“不用谢我，我开这家剧场的初衷，就是为了支持年轻人，支持一切大胆的先锋实验戏剧。”

在寸土寸金的城市里经营一个并不赚钱的小剧场，台下观众忍不住担心：“那您能经营下去吗？”

大叔笑道：“如你所见，我已经经营至今了。”

另一位观众问：“那您不害怕以后会经营不下去？”

大叔仍是一脸笑容：“说实话，我真不害怕。因为我发现，当我下了狠心想尽一切办法非要做成这件事不可时，周围就奇迹般出现了很多帮助我的人，比如说，各种捐款、赞助，我甚至还得到了一些相关慈善基金的经费，有很多有名的剧团愿意免费帮我撑场面，还有不少大学生来这里做义工，帮我们做宣传海报，做网站，等等。更何况，在座的各位，有你们这些热爱戏剧的观众在，我相信这个剧院会一直存在下去。”

经久不息的掌声，响彻这个小小的剧院。

而更打动我的，是大叔接下来说的一句话：“我会尽最大努力去做，绝不轻易言败，但我也已经做好了最坏的打算。所以，如果有一天真的经营不下去了，也请大家不要担心。我会继续在这个行业，做所有我力所能及的事。”

不久前，我和在剧院工作的朋友一起去小剧场看新剧。坐在剧场二楼的咖啡厅等待时，我聊起了从前看过的那出关于恐惧的实验话剧。

朋友听完，说了一句："一切恐惧都来源于想象。"

我一愣。

可不是嘛。都是想象。

强大是最狠的报复

一位网络画手，年纪轻轻就出版了一部畅销漫画，靠版税养活了全家人。在此之前，因为家境不好，她没有钱学美术，只能靠自学，靠接一些画漫画的兼职活来磨炼画技，最初她连画板都是借钱买的。

像所有怀抱梦想的傻孩子一样，她撞过无数堵墙，被无数人否定。父母要求她收起画画的心思，好好学习，考上大学，找一份稳定工作；老师说她画得太烂，根本不可能当漫画家；身边的人也都嘲笑她，劝她别做白日梦。

但她到底还是咬牙努力，用无可置疑的结果让所有人闭上了嘴。

有人问她，是否怨恨那些曾经阻碍、否定她梦想的人。

她说，当初的确恨得不行，一心只想着有一天功成名就，要把我最好最畅销的作品狠狠摔到他们脸上，趾高气扬地说一句："当初是谁说我成不了漫画家？"痛痛快快出一口恶气。可是，等到我真的如愿成为漫画作者，拥有自己的粉丝，可以尽情画画的时候，心里已经没有怨恨了，反而觉得感谢，因为如果当时没有他们的嘲讽和否定，我也不会拼到这种程度，不会这么快实现梦想。

我去美术馆看摄影展，遇到一个女孩。我们在一幅1900年的摄影作品面前站定，同时看得出了神。

回过神来之后，我们相视一笑，聊起这幅作品的好，惊讶地发现我们的观点如此相似。

我问她："一个人？"

她回我："你也是？"

独自去看展览的人不多，尤其是女孩，我们一见如故，惺惺相惜，携手去美术馆楼下咖啡厅小坐。

坐下来后，我们聊起各自对摄影的喜爱。

我很不好意思地告诉她，我之所以喜欢摄影，是因为前任男友的影响，他是个摄影师。

她也很不好意思地告诉我，她是个刚入门的摄影师，之所以喜欢摄影，也是受前任的影响。不过她的前任不是摄影师，而是一个骨灰级的资深业余玩家。

所谓骨灰级玩家，通常是指那种花几十万买设备眼睛都不眨，出门必定是"长枪大炮"在手，镜头带好几个也不嫌重的人。

这么说，她的前任是个有钱人。

她点头，是个富二代，有钱，而且很渣。

渣到什么地步呢？他宁愿花好几万买个镜头，也不愿意给当时过得很拮据的她补贴一下生活，他会把发高烧的她扔在一旁，和俱乐部的朋友高高兴兴开车去山里拍云海拍日落，甚至他和别的女孩亲近，也会一脸满不在乎，嫌她管东管西。

她哪里是在乎他的钱呢，也并不指望他宠着自己，她只不过是喜欢他有才华，喜欢看他投入一件事的认真和疯狂。但认真和疯狂并不能滋养爱情。

分手的时候，他们大吵了一架。她说她累了，分手吧。他却恼羞成怒，说了很多难听的话，其中一句，她一直记到现在：没用的女人。

她那时的确没用，读了一所三流大学，毕业了找不到好工作，薪水低，日子拮据，也没钱买化妆品买衣服打扮自己，难怪他从不肯带她出去，是怕她丢他的脸。

分手没几天，她在街上遇见他。他挽着一个打扮入时妆容精致的女孩坐进他的车里。

眼泪吧嗒吧嗒掉了一地，她赌咒发誓，一定要让他另眼相看。

幸好她长得还算漂亮，她动用了从小到大所有的人脉关系，拿出拼命的气势，终于找到一份摄影模特的工作，从服装模特，到商业广告模特，再到登上杂志内页、户外大屏，从一开始的生涩到后来的娴熟，其中的辛苦一言难尽。

终于在一次晚宴上遇见他。他的父亲是广告赞助商，她是那支广告的女主角。她穿着一套下血本买回来的昂贵的香奈尔晚礼服，端着高脚杯，优雅地向他的父亲伸出手。他站在一旁目瞪口呆。

痛快极了，她说。

但从那以后，她忽然觉得无趣了。原本模特就不是她喜欢的工作，比起在人前光芒四射，她其实更喜欢幕后的工作。

于是她想到当摄影师。

“刚开始我也想着成为专业摄影师，在他这个业余者面前再扬眉吐气一回。”她笑道，“但现在，我是真的喜欢上了摄影，我发现这个世界很大，我想拍的东西也越来越多，没必要再和他争一口气了。”

我点头，轻轻说：“姑娘，好样的。”

某演艺公司高层，是业界知名的金牌策划人，她担当策划的好几个电视节目，在国内都很火，很难想象十年前，她是靠着叔叔的关系才得以进入这个行业，而且那时她几乎是一张白纸，什么也不懂，连明星都不认识几个。

刚开始，叔叔安排了一位经验丰富的前辈带着她四处跑，长见识长经验。

她从小被父母宠着长大，没吃过苦，人情世故一点都不通，前辈倒是愿意带她，但她自己却懵懵懂懂的，前辈说什么就做什么，一点主动学习的念头都没有，更别提举一反三，提出自己的想法和创意了。

就这样，前辈带了她好几个月，她的长进却不大。

某次，她参与策划一场地方节日晚会，邀请的压轴明星，是当时正走红的一位年轻女歌手，当时前辈同时负责另一个重要项目，抽不出太多时间顾及这边，她只好自己去见女歌手和经纪人，商量晚会出场的相关事项。

她找到女歌手的经纪人，详细说了公司的策划和相关安排，经纪人提出了一些意见，她仔细记下了，说要回去和前辈商量一下再给回复。正要离开，恰好女歌手推门进来找经纪人，她连忙打招呼，介绍自己，那时女歌手刚刚走红，心高气傲，架子大得很，看都不看她一眼，只顾着和经纪人说话。听经纪人提到演出的具体安排还没确定时，女歌手明显不高兴了，说：“这么点要求都做不到？那还请我干吗？”

并不是做不到，只是她做不了主，需要回去汇报给负责人……没等她解释完，女歌手就一脸嫌弃的表情：“居然让这种小角色来和我商量，真是浪费时间，下次别让我再看见你，直接叫你们负责人来，否则我就拒绝出场！”

她被赶了出来，狼狈地站在经纪公司的大楼下，气得眼泪一滴滴往下掉。

从小到大，谁不是宠着她让着她，她何曾受过这种气？

不过是刚刚走红的一个歌手，有什么了不起？

她后来说，当时她在脑子里构思了一百种报复女歌手的方式，包括动用叔叔的关系，借用表哥的演艺圈人脉，断绝女歌手后路的办法，都想到了。

等到冷静下来，她发现自己已经在街边站了一个小时。

当然，最后她什么也没做。

此后，她像是突然开了窍，工作能力开始突飞猛进，加上不要命般的勤奋，她很快就脱离了前辈的指导，开始独当一面。等到她独力策划的网络节目被电视台买走，在黄金时段播出，一炮而红，已是八年之后。她忽然变成了金牌策划人，在业界声誉日盛，不少嘉宾在她的节目中出场后走红，越来越多的小明星和她拉关系，希望拿到入场券，其中也包括当年那个看不起她的女歌手。

女歌手走红几年后，因为没有拿得出手的新作品，一直靠着早年的几首经典歌曲勉力支撑，此时当然希望借助这档火得不行的节目挽回一点人气。

人们都以为她会拒绝，然后狠狠奚落女歌手一通。结果她居然同意女歌手出场，并且邀请了一批十年前走红的明星，以“十年、逝去的青春、经典回忆”为主题做了一期节目。

节目大获成功，唤起无数人的怀旧之情，赚足了唏嘘和眼泪，女歌手也借此重新在公众视野里刷了一把存在感，从此身价倍增。

周围的人表示不解，当年她那么对待你，你不报复也就算了，居然还帮她？

她云淡风轻地笑，这不是帮她，而是帮我自己，在演艺圈，互相倾轧不如互助共赢，捧红了她，对我也有好处。再说，当年我的确是个菜鸟，她那么对待我，也不算错。

“没想到你这么大度。”旁人啧啧赞叹。

她摇摇头，其实不是大度，她只是站在今日的位置上，看得更远视野更广罢了。几年前，她也念念不忘女歌手的羞辱，发誓将来有一天一定要成功，要被万人仰视，要让她来低声下气求自己给她机会。但等她有了今日的成就，再回过头去看，当年那点羞辱不过一件小事，已经不值一提了。

每个人的一生，或许都要遇见这样的人，他们不喜欢你，不承认你，嘲笑你，否定你，打击你，甚至想方设法阻碍你，仿佛是上天派来折磨你的恶魔，他们让你痛苦流泪、伤痕累累，让你开始怀疑自己的坚持，让你必须花费千百倍于从前的努力才能抵达目标。

于是你怨尤、痛恨、咬牙切齿，发誓总有一天要狠狠报复他们。

而当你在成长的道路上越走越远，你终将意识到，上天派来的那些恶魔，其实也是你梦想路上的引路人，尽管他们引路的方式太过粗暴，但却效力十足。

你还将意识到，最狠、也最让人释怀的报复，不是针锋相对，以牙还牙，以血还血，而是让自己站到他们不可企及、只可仰望的位置上，让他们的伤害在你越来越精彩纷呈的人生里，在你越来越广阔的世界里变得不值一提。

要知道，你的强大，才是对那些伤害你的人，对你生命里所有难堪际遇的最狠报复。

为自己的人生早做规划

我们或许常常会遇到这样的情况：

整理书架的时候发现一本书，上面有许多笔记，仔细一看，是自己的笔迹，但竟想不起来，写下那些感触到底是出于什么样的心情，也不记得是什么时候下过这样的功夫。

配小礼服，配长裙，哪怕是配平日里的普通装扮，都习惯穿上高跟鞋，快步如飞，再也感受不到疼，曾经那些脚后跟、脚趾头被磨出一个个血泡，站到脚底酸痛难忍的日子，早就被我们甩到远远的身后了。

脑子里好像有一种无意识的愈合和筛选作用，把我们所有的努力推入遗忘的序列，却将甜美的成就留了下来。外人看到的你，曾浴血奋战，却毫发无伤。

三年前，一则“PA（私人助理）”的招聘信息，在手机屏幕上暗了又被桃子摁亮。

这是国内最大牌的时尚集团，桃子不用打听，都能想象每年有多少人挤破头想进去站稳一席之地。虽然这只是个实习生、助理的岗位，但跟着的人，可是这家时尚集团的总编辑。

看看都有哪些女孩儿给她当过PA：

溪，伦敦中央圣马丁时尚编辑专业，硕士。

蓝，意大利IFA时装设计师学院时装设计专业，本科；意大利柏丽慕达时装学院时尚造型设计专业，硕士。

南，纽约帕森斯时装学院时尚营销专业，硕士。

丹，纽约大学媒介文化与传播专业，本科。

悠悠，英国南安普顿大学时尚管理专业，本科；英国曼彻斯特大学时尚零售设计专业，硕士；

早些年的，都是85后，近年来的，都是91—93年的，和桃子差不多大，但几乎都来自国外知名的学院和专业。

这些人现在大部分都已经进入了这家时尚集团，小部分，也在同一档次的其他时尚杂志担任各种时装编辑、市场经理。对，没有不在这个圈子混出个名堂来的。

果然，桃子在第一轮面试里就被刷下来了。她还是有点不甘："为什么，以前不是有个助理女孩儿也一样只有国内学历吗？"

"很多人问我，是不是一定要去国外读书才能来做时装编辑？"那个总编辑看了她一眼，"问出这话你就没戏了。有戏的，早就主动去寻找自己的差距，勤勤恳恳地补拙去了。"

"我知道自己有差距，所以想来最好的地方实习啊，我有耐心，有精力，我可以跟着你一天连轴转，你让我干什么都行。"桃子有点着急。

"你能连续一星期都在天上飞吗？两天往返欧洲美国，上海北京香港当天往返，回到家就算半夜你也要把箱子丢一边做PPT

写稿；能熬？出门要背4～7个30公斤的行李箱样衣和道具，拍一组大片就要拆装500个快递2次；力气大不怕累？好，你还要搞定任何我让你去谈判的对象，中国人、外国人，必要的时候，外星人、野兽、恶劣的天气、奇葩的地形。我这里不是《穿普拉达的女王》的战场，你不是安迪，我也不是米兰达。”

桃子沮丧地站起来想要离开的时候，总编辑又补充了一句：“你以为和你差不多的那些人，其实都有非常厉害的过人之处。小姑娘，先让自己长大吧。”

后来，桃子从最接近时尚行业的零散实习做起，手模、腿模、群众演员、活动主持，在北京服装学院旁听服装设计和珠宝首饰设计的课程，兜兜转转了两年多，才在毕业之际进入了一家时尚杂志，从一个打电话做各种各样杂事的小助理做起。

工资很低，可是住得很贵，在时尚行业穿的用的都得下血本，她只好在连轴转忙成飞人的工作之外，压榨自己的休息时间，去做兼职，接私活，才养得起这份热爱的工作，不，在她看来，那是事业。

也是从那个时候，她才慢慢了解到，穿最潮的衣服、拿最新的包包、戴最贵的珠宝、穿最妖娆的鞋，跷着二郎腿采访欧洲鼎鼎大名的设计师、名流、明星，跟他们一起参加高档的私人晚宴、顶级俱乐部，吃珍馐喝好酒，然后坐在一大堆世上最好看的衣服里，手指点点就决定今年的主流款——都只存在她的想象里，没有一份实实在在的工作是“长”成这个样的，时尚编辑也不是。除非谁本来的生活就是这样。

谁容易呢。大多数看起来风轻云淡的人，要么是修养好，要

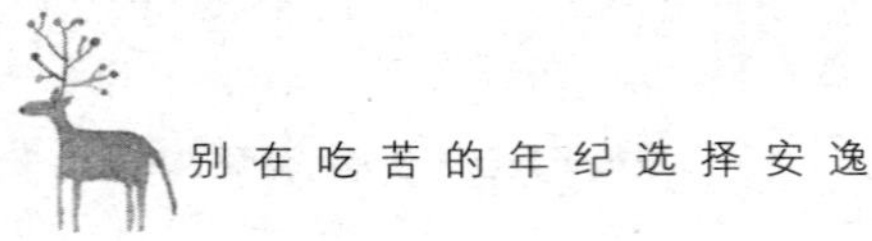

么是拼尽全力。要有多努力，才能看起来毫不费力。

在这个人人都只把工作当成糊口工具的今天，如果有幸对工作感到热爱，那确实该拼尽一百零二分的力气去争取。

虽然这个过程可能很辛苦，短期回报可能很少，也许会让人感到迷茫不安、恐惧和失望，但你扪心自问，这几年你难道真的没有什么变化吗？工作和爱好高度融合的快感就像命运的召唤，只有不断地接近本质，才能感受到从若隐若现到时时刻刻的亢奋，每个简单的成就都会让你喜极而泣。这大概就是不放弃和等待的意义。

“如果有个人连衬衫都没穿就跑来参加面试，最后我还雇用了这个人，你会怎么想？”

“那他穿的裤子一定十分考究。”

这段对话出自《当幸福来敲门》，翻译成大白话就是：你凭什么让人愿意给你机会，在你身上付出时间？

作为一个因为换了工作换了行业而经常错漏百出的“新手”，我经常用这句话来勉励自己，无论任何时候，首先要让自己有一样拿得出手的东西，然后再去全方位地完善自己。

为什么实习生总是又辛苦、拿钱又少，仅仅是因为他们没毕业，没签合同吗？是因为“学生”这个身份本来就比较廉价吗？不，其实是他们中的大部分人，工作能力确实只能匹配那样的酬劳。

比如，我丢个选题过去：

“你帮我把这张表格里的22家银行的电话都打一遍，问下降息后有没有开始按最新的基准利率执行。”

“好。”

“如果没有执行，问下有无执行的时间表。”

“好。”

过一会儿，有的实习生会过来问我：“什么是基准利率？上浮10%是什么意思？”这些属于完全没做功课的。也许有人会说，你在这行浸润许久，实习生只来了一两个月，怎么能有你懂得多呢？

不好意思，我换工作进入这个行业也就一个月，但我已经把基本的选题做法都熟悉并能独立操作了。你每天早上把各家媒体的稿件都录一遍，理应比我还要熟悉这行的动态，为什么我可以，你不行？

有的实习生比较勤快，已经自行去了解了行业的基本知识，不过，过了一会儿，还是会来问我：“银行的个贷经理说，只有和他们合作的楼盘才能告知利率，并问我买的是什么房子，而我只是个假扮的购房者，怎么回答？”

这里涉及，你如何从不太配合的人那里，获取你想要的信息，这也是记者最重要的能力之一。你必须去思考，必须去想办法圆一个说法，来取得对方的信任。

当然也有实习生自己想办法解决了。好了，最后的问题来了：

从来没有一个实习生，问我为什么要做这样的选题，以及这种选题的基本操作思路和必备元素是什么。

在我也还是一个实习生的时候，我也只会盲目地接下记者们

丢过来的任务和要求：你去帮我把这件事的背景资料整理一下，你帮我查下这个人的全部信息，你帮我把历史上发生过这件事的时间表找出来。我也很少会去问：这个选题，要做成什么样，才能算完整而丰富？

俗话说，术业有专攻，那么，不同领域分别对应的是哪些行家？在采访的时候，我要怎样针对这个话题来提问？

有些路是有捷径的，它建立在你主动学习、主动思考如何走上更高级台阶的基础上。你甚至可以向你的实习老师质疑：你这样的做法已经很老套不合时宜啦，或者，我有更好的想法，你要不要听听？

当实习生是很辛苦的。因为酬劳低，租不起离单位近的房子（家里有“赞助”的除外），而现在很多学校都远离市区，通常离实习单位也很远，每天奔波在路上的辛劳，有时甚至能抵过半天的工作精力。

问题是，你花这么多时间、精力，仅仅是来拿一张实习证明吗？

我是这样的人，如果你问的问题我不知道答案，那么我会先回答你“我不知道”，但是我会告诉你，我现在就去寻找答案，我知道如何寻找答案，我试试。其实最后我一定能找出答案，只不过先不给对方承诺，最后结果会比对方的期望值更高。

也有人一开始就先封死了自己的退路：我一定会找出答案来，相信我。这种置之死地而后生的方法固然会给自己更多的动力，无可厚非，但也存在小概率的失误：人总有办不到的事。

真正到了职场，就是一次求生的竞赛，你必须打败同胞，才能适者生存。你永远不能等待别人主动去告诉你，这件事应该这样做，也不能期待在你感到无助的时候，别人必须给你力量。职场没有心灵鸡汤，也没有灵魂导师，你不是来学东西的，你是私下练好了功夫，要上台一展身手的。

只要你参与到市场的厮杀里来，就永远是用户的需求决定你的工作量。不是每份薪水都能代表你的实际工作能力，但反过来，你的工作能力一定决定着你的收入。当你一个人就可以像一支队伍一样作战的时候，匹配你额外能力的那部分薪水，也会远远地就向你招手。

你必须为自己的人生早做规划。年轻的时候总会有部分生活质感缺失，你可以为了热爱的事业和理想，投入无限的精力、时间，可以不计较回报，可以不问得失，但是你必须想清楚，真正要做的是什么。这样在你达到一定成熟资质的时候，你才可以举重若轻地估算出自己的精力投资和机会成本的配比，才可以更加精确地平衡职场和生活的权重。

愿无岁月可回首

亲爱的张躲躲：

收到这封信你也许会觉得很奇怪。前一天凌晨03:17的时候，你写下了一封《给十年后的自己》的信，我看出了你的期待，你的迟疑，你的心潮澎湃，你提醒你自己不属于过去，而是属于未来，这样很好。你的人生有许多十年，但自你20岁起的这十年，最重要。

在这十年里，你的心境、选择、情怀，将会决定你今后会成为一个什么样的人。你从9岁起，每年都会在同一个本子上写同一段话，为的是监控自己每年练字的成果。到了你17岁的时候，你发现自己的字体几乎已经没有变化。成长也一样，总会有些时间节点，某些方面会达到相对成熟，之后才是完善和个性化的拓展。

我怎么知道这些？因为我就是十年后的你。

你现在要慎重考虑，是否把这封信完完全全地读下去。我经历了你这十年的所有动荡，我知道你曾经因为得偿所愿狂喜过，记得你被喜欢的人拉着手走在回家路上的每一阵风。

我能够给你一些过来人的经验，但你是否要接受，还是决意要自己去看那些无人撑伞的漫长风景，走无人掌灯的阴冷夜路，最终的决定权都在你手里。我只希望，在你人生关键的瞬间，你可以打开这封信，寻求支持和安慰，再也不会因为想要随便找个人发泄心情，却被人看穿你的狼狈和不堪。

20岁的时候，你大三。大部分课程已经上完了，你每天不是窝在宿舍的床上，玩网游看淘宝逛人人网还有论坛，就是去逛街约会踏春。你觉得世界那么喧嚣，那么有趣，可以尽情肆意妄为。

你几乎忘掉了大学前两年，你每天晚上坚持上自习的样子。你也不屑于过上铺女生那样，白天去听数学系的课程，晚上回来准备跨专业考研或者拿双学位的生活。你也不打算像隔壁宿舍的女生那样，找两份兼职，在奶茶店站一上午，再坐一个半小时的公交，到城市的另一头去给别人上课。你觉得也没必要像班长一样，早早就想清楚自己以后想干什么，然后开始像找正式工作那样四处找合适的实习机会，提早进入社会。

你漂亮、开朗，有许多吃喝玩乐的朋友。你不知道，你正在浪费你一生中最后一段自由时光，以及一些机会，比如结交能够两肋插刀、哪怕只是耐心地听你说完烦心事的朋友。而且往后，你再也不能快乐地玩耍到半夜第二天关机睡觉想翘课就翘课。

如果你知道，一年后你去找实习，发现许多跟你一样年纪的实习生，已经能够独立操作选题，能够当卧底做深度调查，你自惭形秽的时候，或许当初就不会那么盲目自信。如果你知道再过几年，你休年假时，不管是在家里睡大觉，还是在旖旎风光里流连忘返，一个电话打过来你就必须回来工作，或许你会更珍惜大学时光。

人生的前半段有多挥霍，多任性，多不愿意努力，那么后半段，残酷的现实一定会让你哭着补偿回来，这不是危言耸听。用一句流行的话来说就是：自己选择的路，跪着也要走完。

做学生的时候你因为要睡懒觉要逛街而逃课，因为要约会要追剧而抄作业，因为失恋因为任何心情不好而把世界放置一边不管不问，把自己的私人情绪看得比什么都重要。后来工作了你才发现，这个世界最不重要的就是自己，而别的东西一样都逃不掉。责任逃不掉，负担逃不掉，悲伤也逃不掉。

当生活必须跪着行走的时候，矫情就自动过滤掉了。

后来你工作了。

你买了双可以健步如飞但是不甚美观的翻毛豆豆鞋，结果你只穿过一次，是在接到邀请函出席某场艺术刊物创立的发布会上。

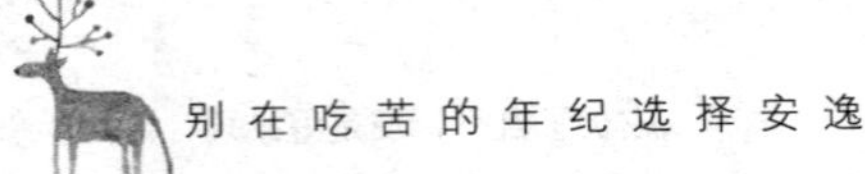

你以为那跟你以往参加的发布会一样，领导坐第一排，后面嘉宾坐三排，记者坐后面，没人会注意你一样。那天你走进国贸的宴会厅，两边是着一袭白裙拉小提琴的优雅姑娘，所有来签到的人都穿了正装和礼服，只有你，孤零零地像个丑小鸭。

丑小鸭之所以能变成白天鹅，是因为它本来就是白天鹅。

回去的路上，你买了一双10厘米的高跟鞋，丢掉了那双难看的豆豆鞋。结果，那双鞋你也只穿过一次。那一天，你要去专访国内某知名奢侈品网站的CEO，你穿上自己最贵的连衣裙，10厘米的细跟别在路中间的夹缝里，好不容易才拔出来，在人家楼下又把脚崴了。

张躲躲啊，你选高跟鞋的品位和考虑，跟你在工作中的状态，真是一模一样。矫枉过正，想得太多，又实践得太少。

22岁，你刚开始工作，以为人生一半以上的不高兴来自睡不饱，另一半来自没钱。

于是你在工作之余接了兼职，每天下班后匆匆吃完晚饭，又打开电脑开始写稿。你资历低，没名气，不敢计较稿酬，你只得不停地写。要是工作太忙，加班太多，回到家已经十点，你经常写着写着就睡着了。

有一天你半夜醒来，笔记本上的电源键发出幽幽的蓝光，你直起腰，发现脖子酸痛得不行。你开始觉得委屈，这个城市匆匆忙忙，慌不择路，随时都要处于备战状态，容不下一点私情绪。这个世界耳目太多，都等着看笑话看颓败，让人没有勇气露出软弱，承认放弃。你说，为什么只有我觉得这么辛苦？

大家劝你，辛苦就多睡一会儿，不开心就不要接，生气了以后就不要再合作，迷茫了就停下来想一想，此路不通就转个弯，失败了就多试一次。

你着急地说，不行啊，我答应别人了啊。

张躲躲，你从幼儿园就知道答应别人的事情要做到，你现在是成年人了，在答应前，可不可以请你考虑下自己的体力、精力、能力？在你做成某件事之前，你的痛苦对于别人来说什么都不是；同样，在你成功的时候，你的喜悦在别人看来也无关痛痒。你要么与它们相处，要么乖乖地做个睡得饱饱，每天开开心心的美（少）女。最笨的办法就是自怨自艾。

李海鹏说，我不介意偶尔谈论略带诗意的话题而被人嘲笑。王小波也说过，人仅有此生是不够的，他还应该有一个诗意的世界。马尔克斯说，当人类坐着一等车厢而文学只能挤货物车厢的时候，这个世界也就完了。《死亡诗社》里说，医药、法律、商业、工程，这些都是高尚的理想，并且是维生的必需条件，但是诗、美、爱、浪漫，这些才是我们生存的理由。

但你和他们一样，只看到“诗和远方”，没有看到你为什么需要忍受眼前的苟且。因为你还没有能力去给生活的本质——也就是诗意的世界——支付诚意。这题目谁出的？评判标准是什么？怎样才算对？怎么到处都是正确答案？正确答案真的有吗？我也不知道。我到这个年龄，也还有没看过的世界，大得没有边际，无法想象。

就像你的大学老师在课堂上说的一样：你还年轻，还可以犯错。要是已经看见正轨的尽头是什么，不如偏离它试试看，也不用跟别人比，你们未来要走的路肯定不会一样，终点不止一个，成功不属于同一个人。你，你，你们，都有着各自的可能性。

你做着你喜欢做的事，还觉得十分疲惫，那是因为，你还没有完成维生的基础。我希望你能够在做好一切准备的情况下，再去领略这个世界的诗意，到时候你才会发现，你可以生活得这么满足，而不是像你大三时候那样，以为年轻就是一切。

25岁的时候，坐在你左手边、和你共事了三年的同事离职了。不知为什么，那一年，公司里接二连三地有人离职，掀起了一场离职潮。不是效益不好，也不是待遇不好，但大家好像纷纷都用了同一种理由：想换一种生活。

而你在那个时候，连自己想要什么样的生活，都还搞不太清楚。你也有过一段时间的动摇：不再早到公司半小时，不再主动揽下更多的任务，不再积极地提出新的想法。

别着急，我亲爱的姑娘。什么时候你不会因为身边同事离职而怀疑自己的选择，你才会在职场上真正成熟起来。

但是我要提醒你，有件事情可以“跟风”，那就是健身。过了25岁，你再也不是“干吃不胖”以及“随便熬到3点钟都没事”的体质了，你可以不必花大钱去健身房请私教，不必每天在朋友圈晒跑步路线和速度，但是起码你要定期锻炼。跑步、快走、游泳、骑单车，在家里也可以抽空做几组平板支撑、深蹲、俯卧撑和仰卧起坐。

你现在就要知道，30岁后的容颜和身材，都得自己负责了。

26岁的时候，你经历了迄今为止最痛的一次分手。

在那之前，你们曾设计过未来一起生活的场景。他虽然有轻微抱怨，这个小区虽然好，但是太贵了，我们买不起，但还是许过你一个无瑕疵的未来。

当你偷看他的QQ记录，发现他和那个红颜知己约好，以后聊天在小号上，不让你看见，你的天空就已经有了裂缝。

微博上有个问题问得好：女生是如何发现男友出轨的？下面一大堆评论。女人不仅是天生的侦探，还是天生的大数据分析者。你在看到他和另一个女孩约好一起去丽江的时候，给他留了言：晚上下班早点回来，有事和你说。

然后你就躲在被窝里瑟瑟发抖。世界暗无天日，你明显感觉到心里有个部分关闭了。

后来他问你，沐浴露你都要一次次买过去喜欢的味道，为什么人说丢就丢了，再也不给他机会？

你说，不是每一款你用过的沐浴露都喜欢，也不是每一款爱人你都想留在生命里。

好样的。虽然之后你经历了非常漫长的愈合过程，你在上班的时候总是毫无知觉地掉下眼泪，被人惊讶地询问。你想逃离这座城市，最终没有走成。

你请了个长假，日日在拉上窗帘的房间里昏睡，你不敢在白天出门，不敢见人，你曾在深夜哭醒过来，翻遍电话本都找不到一个合适的倾诉对象。你试着打了一个电话，没人接，第二天对方抱歉地回复："昨晚睡着了。"你也只是淡淡地说："我也没什么事。"

没有人能够叫醒一个装睡的人。亲爱的张躲躲，倘若你看到这里，正在经历这段过程，我想告诉你，让你自暴自弃的，就算从前是一段好的恋情，现在也不会是了。

有人说："没有被错的人耽误，才教人长夜清朗，心平气和。”你会在反复认知克服失败感，反复回忆整理心情，重新评估关系之后，成为更好的人。

往事成群结队，伤害是这个世界上唯一没有返程的路。我希望你知道后，将来就不会伤害那个对你好的无辜的男孩。

28岁的时候，曾经阻拦你早恋的父母也开始着急，四处为你张罗相亲。你在N城的阿姨也问你，要不要去人民公园，那里每个周末都有急切的父母们贴上适龄儿女的简介。你轻轻地摇摇头。

我知道你心里的想法，也支持你：接吻是一件顺理成章的事，恋爱也应该是，而婚姻不只是两个差不多的人在一起过日子。故事的开头不应该是：有两个男孩，身高差不多，一个出身于知识分子家庭，一个是富二代……故事的问题也不应该是：选哪个好？

29岁的时候，照例在家过完春节七天假，第二天就要回去上班了。那一晚，奶奶颤巍巍地来到你的房间，看你收拾完行李，从兜里小心翼翼地拿出几个布袋子，一一展开，从里面掏出她当年的嫁妆：金镶玉的项链、金手链、金戒指、玉镯。

“奶奶年纪大了，不知道什么时候就走了，这些本来就是要给你的，你放好。”奶奶看着你把它们再次小心包好，放进抽屉里锁好，才安心地回到自己房间睡觉。

其实你不知道，在你回来之前，她已经连续住了两次院，她不让爸爸妈妈告诉你，说你上班忙。

微博上曾有人说了一个亲身经历的小故事，大意是这样的：她在和朋友打电话，说最近开始用神仙水（SK-II），皮肤变光滑了，可能是新陈代谢加快了，等等。打完电话，奶奶就悄悄扯了扯她的袖子：你有什么神仙水，也让我喝一口吧。

我知道你去哪都没有怕过，但是家人老了。

十年，用句老套的话说，真是弹指一挥间。想说的话还有很多。多想陪你一起成长，但又知道，有些坎坷最好不去避开。

年轻的时候最担心的，是“怀才不遇”，你可能会很着急，就像种子发不出芽，花苞未绽先谢。无论在哪个阶段，你没有拥有的东西，都不要太着急。或许本来就不在你能力范围之内，不是一有机会你就抓住。这个社会不会单独给你一个人恶意，是你太弱了。自己的脸，该扇的时候不要客气。

你可以用人生最好的年华做抵押，担保一个说出来可能会被人嘲笑的梦想。别怕，人生总比绝望长。只不过，一定不要在和生活斗智斗勇的过程中，变得世故和不再纯真。

我其实不太希望，你过早在象牙塔里规划自己以后的工作生涯。如果有可能，我希望你多读几年书。要知道，你会工作一辈子，但能够心无旁骛地沉浸在前人留下的丰盈成果里，也就是这几年了。

人生如寄，世事如书。尼克·霍恩比说，读书，其中一个益处，是能填补个人人生阅历的苍白。别人多少年才走完的路，几十天、几天甚至几小时，如同电影镜头为你回放。那些原本要历经沧桑才能体会的心情，现在却有幸在岁月还未耗逝的时候就一窥究竟。

我站在30岁的年纪上，其实还有许多迷茫与困惑，那将是下一段旅途要解决的问题。当我们没人疼没人爱的时候，世界好像到处都是忧愁和压力。我们哭一点，缓解一点，再往前走一段。

很可能一辈子就这样了，也很可能不是这样的。但为了这一点可能，我觉得我还很需要以后的路。

你也一样。过去无论发生什么，都将为你的梦想注脚。愿你无论什么时候回过头去，都不后悔，不自卑。愿无岁月可回首，且以从容共余生。

Part 4

不在别人身上寄托梦想

脚踏实地，闯劲十足

我第一次见到里昂的时候，两个人都很狼狈，当时我们都住在一间民宿里，我买的二手车被原车主骗了，还闹去了法院和警局，而来打工度假的里昂买的新车当天直接被撞报销了。

但是他比我要更迅速地找到了解决办法——他马上就买了第二辆，还是找拖车公司的人直接买的。

我当时心想，这人可真有钱。

里昂是福建人，长得高大，眉眼开阔，不计较，是个看起来就很靠谱的爷们儿。我没车回几百公里之外的家，于是蹭他的车走，一路上经过羊群、海、雪山，从正午走到夕阳。八个小时的车程，足以让我们成为朋友。

说来也好笑，2013年在《非诚勿扰》的宣传下，中国年轻人申请打工度假签证的难度骤增，十几万人去抢一千个名额，无数人卡在崩溃的网站里，一时间网络上哀鸿遍野。而里昂却是无心插柳，他本来是要办旅行签，得知有这个签证后，想想旅游之余还能打工，就早起去抢了一下，竟然顺利拿到了，“我家网平时挺慢的，那天也不知道怎么就抢到了。”最好笑的是，他一个朋友托他帮忙再抢一个，他又抢到了。

里昂抵达新西兰的第一站，就是去年轻人扎堆打工的水果之乡克伦威尔摘樱桃，这事儿说来也巧，樱桃工由于时薪高（曾有朋友一天净赚2000元人民币），全世界来这儿打工的青年都喜欢去申请，里昂那天住在民宿，刚好一个申请到工作的人临时决定不去，他就顶上了。

这个狗屎运大王就这样迷迷糊糊的，一路走过来。

后来再见到里昂，是他专程开车一个小时，送自己摘的一大堆樱桃给我。他从自己的普拉达大包里倒出小山高的深紫色车厘子，结结实实地堆在厨房桌上，全部微微泛着光，像无数个小亮点。可他还有点不好意思：这回摘的有点小，下次给你摘另一个品种的，超大。

他手上全是被樱桃树枝刮的小细血痕，也就两三周，整个人黑得像个农民。

我有点感动，因为对于摘樱桃工人而言，每天的工资是要按筐子数量来算的，他用自己的时间给朋友摘樱桃（而且还得躲过监工偷偷塞进包里），就等于减少了他的工资，更重要的是筐子如果少，还会被监工骂手脚慢。要知道，在果园里对亚洲人的歧视可不算少。

可里昂不在乎，他隔段时间就摘一堆偷运出来送人，有次得知我们几个朋友路过克伦威尔，他用下班时间冲回果园摘了两大袋子。车子经过时，远远看见他站在路边等着，看见我们，他特别开心地举起手里沉甸甸的两大袋子，大喊：“这回我摘的特别大！”

由于里昂的仗义直率，他很快结交了许多朋友，经常和朋友三五成群结伴去附近登山钓鱼。有一次出去玩，所有青年客栈都客满了，里昂大方地请所有朋友住了当地的四星酒店。此时他隐藏的另一面才逐渐曝光。

没人猜到这个洒脱开朗的大男孩，竟然在加拿大有着自己的生意，而且做得很大，覆盖了半个国家。

里昂几年前就以投资移民身份移民到加拿大了，他家境极好——有次和四川朋友聊起春熙路，里昂居然对那一带了如指掌，一问才知道，他家在春熙路买了一套房，专供去四川旅游时住。而他们家类似的房子在国内还有不少，全在最旺的地段，其中大部分都是别墅。

总而言之，这是个富二代，还算得上是高富帅。

但是里昂有自己的经济头脑，在加拿大坐移民监期间，他认为待着也无聊，不如做点生意。于是他做起油画和茶叶进出口业务，还请了一个脾气古怪业务精深的中央美术学院毕业的画家帮忙卖画，时不时画家神秘失踪去哪儿写生了，里昂也不生气，直接挂牌子关门停业一天。

在加拿大，几乎家家户户都爱挂油画，而里昂从深圳出口的油画画工佳装裱精细，价格却比同类画廊便宜30%，短短一年时间，他就做得风生水起。

在坐“移民监”接近结束时，里昂决定出去旅游一趟，随后后面每一个巧合都导致了前文所述的种种错位，最终让他成为一名摘果农民。

里昂每天和其他三个人挤在不到20平方米的宿舍里，深夜上洗手间，得哆哆嗦嗦披着衣服去几十米外的公共厕所，所以睡前他几乎不喝水。每天摘果从清晨6点到下午3点，早起如果来不及吃东西，就得等到中午，有时烈日当头能把人晒昏，他花5块钱买了顶大草帽，脖子上绕了一圈毛巾，专门来擦汗。

可是这一切在里昂的描述里，都是特别酷的回忆：“你知道吗，每天早上会有直升机飞过来把所有樱桃树上的露珠扇掉，不然樱桃会坏，好玩吧！”

如今樱桃季结束，里昂开车旅行到了另一个盛产苹果的地方，继续摘果工作。

“以后可能也不会再体会这样的生活，要好好珍惜每一天。你要问我去何方，我指着大海的方向。”——摘自里昂的一条微博

和里昂的情况相似却又不尽相同的日本姑娘加藤是我的好朋友，她是个典型的日本人，礼貌到有些慎言慎行，吃饭前一定会说“我开动啦”，表示感谢时会连连弯腰。

加藤已经30岁了，看起来却和二十几岁一样，一米五几的身高，娃娃音夹带着各种语气词，和男孩子说话还会脸红，捂着嘴不好意思地笑。

我认识她一年，她回了东京两次，参加两个妹妹的婚礼。

在大部分保守人士的思想里，大概会觉得两个妹妹都结婚了，姐姐却依然在外漂着，想想就着急。如果这些人知道她在做什么工作，一定会跌碎眼镜。

加藤在酒店做客房打扫。

没错，就是客人离开后，负责铺床扫地，清理马桶浴室的那种。

跌碎眼镜后再让眼球跌落吧，加藤的家境与里昂有得一拼，她父亲是日本一个知名电器公司老总，有好几个厂，每逢特殊日子，加藤还得穿上和服去参加不同活动。

加藤就像日剧里那种千金小姐，为了自由冲破束缚。

说起来是这样，可是现实并不是太美。

加藤家规极严，在她少女时期，她想打耳洞，她妈妈就给她一张纸，要求她把打耳洞的原因和后果一条条全写下来。她的家人都像那些永不会飞错路线的行星，哥哥们子承父业，在不同部门负责事务，妹妹们嫁人做主妇，只有她，是个另类星球，四处

乱飞，几次差点引起星际爆炸。

加藤学习非常努力，毕业后考取东京大学，读的是父母希望的金融专业，可是有一天她觉得没法念下去了，找不到读这些课程的意义，她甚至连基本课程都没法过关。瞒着父母，加藤肄业出去找工作，在一家公司实习，被父亲下属无意间发现，事情才曝了光。

全家震怒，将加藤关在家里，派一个用人看着她。我几乎可以想象到这个看似柔弱实则倔强的女孩当时经历的一切，她在家里不发一言，不妥协，独自坐在房间里，日复一日赌气，气父母的不理解，气那个告密的下属，气自己为什么不做得更巧妙隐蔽些。

终于有一天，父亲想通了，打开门，眼睛不看她，挥挥手让她走。

可是现在想想，父亲那不是想通了，是放弃。

加藤默默收拾了行李，走了出来，扭头看着门被关上，那一刻就像个慢镜头，把她隔绝到另一个世界。

她得到了一直以来她想要的自由，可是忽然她不知道这玩意儿能把她带到哪儿去，甚至不知道要这东西干吗。

加藤决定先出门闯闯，再想后路，于是她来到新西兰，先上了半年语言学校，一路溜达，直到来到皇后镇，在酒店找到一份客房打扫的工作。

奇怪的是，东京大学都没法让她安安稳稳待着，打扫客房却让她留了一年多。日本人的严谨和细致非常适合这份工作，加藤很快成为“self-check housekeeper”，意即她打扫过的房间不用领导检查，自己负责就好。但是这份工作并不轻松，平均10分钟要清理完整个房间，包括更换所有床单枕套，地板上不能有一根头发，浴室镜子上不能留一颗水珠。每天上午8点到下午3点的工作时间，常常让她累的必须回家睡3个小时才有精力起来做晚饭。

这些事让她父母没法理解，就连她日本国内的朋友也没有办法理解她。

可是加藤很快乐，她自己算了个账，每周赚的工资，去掉房租，还剩300刀，足够吃饭，旅游，喝酒，聚会，每天都开开心心的，“我在日本就算每周赚1000刀也不会那么开心呀。”

是的，因为从小没有吃过穷的苦，所以对加藤来说快乐就够了。

加藤其实不是一个文青或理想主义者，相反，她非常脚踏实地，自己主动选择的事情一定会做得几乎完美，各种问题思考得清清楚楚。但是只有一点，她非常有原则，而这个原则，就是自己内心舒不舒服。比如，舍友手腕被割伤，当地小医院只能简单包扎，加藤会果断推掉新男友的约会邀请，驱车3个小时带舍友去大医院处理。再如，被领导玩笑地拍脑袋，她会当着大家面直接回击，毫不顾忌面子。

加藤小心翼翼地保护着内心的敏感与诚实，做着其他人眼里的“怪咖”。

她和里昂，都是让我会仔细想一想的人，家境富裕却内心坚强的人，出门吃苦，似乎是一件让他们“很爽”的事情，因为知道自己退路几何，就想看看自己前路多少，闯劲十足，甚至比普通家境的人要更勇敢，带有一种洒脱气质。

内心的疯狂莫枯萎

我曾在云南昆明度过一段时间。那是个非常具有波希米亚风

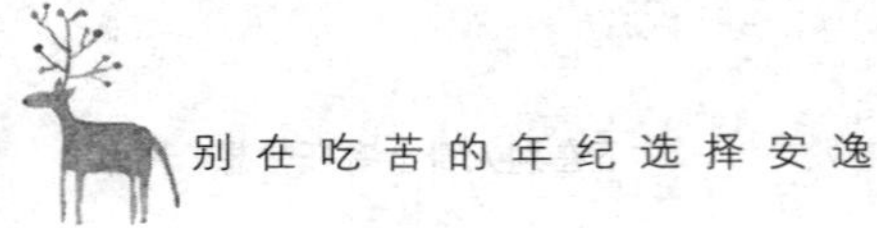

格的老城，老昆明人散漫地在翠湖边拉二胡唱戏，刚放学的孩子们挤成一团买烤洋芋，从他们身边昂首走过的，是穿着艳丽民族风裙子的游客。与现在层出不穷的新奇旅行方式不同，当年能去丽江艳遇就算足够小资了，如今，连小资这词儿都不流行了，当年裹着披肩在四方街做忧郁状拍照的文青们，现在热爱赤脚走在泰国的大马路上。

但总而言之，7年前的昆明是无数文艺青年的过渡歇脚站，我就是在那儿，碰到的蔓蔓。

蔓蔓当时刚刚从丽江回来，她在那里待了两个月，整个人被高原阳光晒得黝黑，每天打打零工赚钱交房租，偶尔批发点小东西临街叫卖。她对生活没有什么要求，稍微赚点钱就够了，多的不求，少了也能凑合。

我们俩交换了联系方式，甚至连彼此的长相都记不太清，就像旅途里偶尔相遇的两朵云，就此分开。后来5年里，断断续续得知她的消息：去青海的青年旅舍客串了几个月的掌柜；骑行西藏；在西双版纳咖啡馆里换宿……反正所有文青会干的事，她都做过。

的确很多人不理解她为什么不去找个正经工作，成天“无所事事”，让家人太没有安全感。但是对蔓蔓这种无欲无求无野心的人，生活随性所至就好，她不愿考虑更复杂的东西，即使对那些收获颇丰却需要用力一搏的东西，也不愿浪费精力。

就是这一点，导致她后来的“出逃”失败。

其实蔓蔓比我早两年就开始考虑出国，但是考雅思、体检、财产证明等等琐碎事拖延了她的脚步，不是今天没时间学习英语，就是明天要去尼泊尔玩，拖拖拉拉许久时间，在当时的她看来，出国不是一件紧迫的事情，随时随地只要她想，就能。

在我办完所有事踏上飞机的前几天，她还在QQ上和我聊：你等着，回头我去找你。

当我旅行完新西兰全境，在皇后镇找了房子长住下来后，已经又过了半年，再次联系上蔓蔓时，感觉她情绪明显不对。

语气里不再有昂扬潇洒，只有淡淡地敷衍：“我现在没有钱，不出去了，想自己开个网店。”

我问：“那你以后还来吗？”

她回了三个字：“再看吧。”

当年那个脚磨破了，直接脱了鞋吧嗒吧嗒走在昆明金马坊大街上，骑摩托车飞奔在高速路上任头发飞舞，对什么事儿都满不在乎的蔓蔓，忽然不见了。她开始变得理智了。

这真可怕。

对绝大部分人来说，理智与冷静，都是值得赞颂的品质，它们为你的生活保驾护航。可对一部分人而言，这两样事物的出现，意味着内心一部分疯狂枯萎了，可是根却拔得不够彻底，于是那一些微光日夜折磨你，你知道自己想要什么，可再也没有力气去拿了。

如果只是阅历与心智成熟让蔓蔓走到那一步，倒也罢了，可是偏偏她是迫不得已向现实妥协。蔓蔓的磨蹭，使她错过了来新西兰的最好时机，当年比较冷门小众的打工度假签证，几年来常年开放鲜有人申请，可从2013年开始广为人知，开抢的第一天，一个小时就全部没有了，这一状况，还将长期持续下去。对蔓蔓而言，如果仅仅是办旅行签来玩，时间有限开销太大，一次只能待一个月，完全没有深度体验的机会。而出来读书，更不实际，

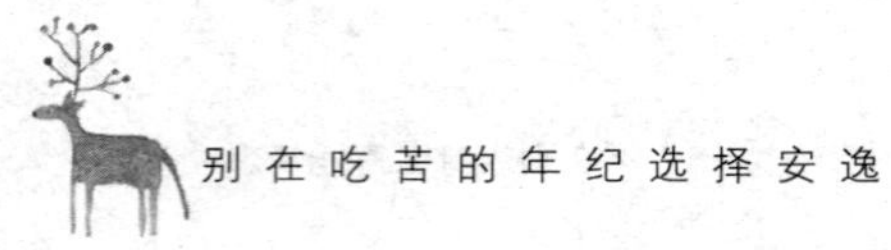

她连雅思成绩都没有。

也就是说，从2010年到2012年，中间这3年有无数机会，蔓蔓都错过了。

我就是从她身上，才深刻理解了那句特俗的话：有些事，你现在不做，将来永远也不会做了。

这是真的，有时候上路需要的只是那么一点时机，一点荷尔蒙，一点激情，一点不假思索。可是也许只犹豫多一秒钟，这些东西“砰”的一声就会瞬间消失殆尽，再也不会回来。

在新西兰工作生活的年轻人，家境多是“还好”，这个“还好”上至可以拼爹的富二代，下至吃穿不愁但余钱不多的人。公平的是，无论是富家子弟抑或小康儿女，来到这儿都是一样的，该吃的苦一点都不会少。新西兰实在也没有什么可供你奢侈消费的地方，于是此时，拼的不是家境，而是内心的强大程度。

有一个印度同事，身家极丰厚，据闻其家族在印度有1万亩地，1亩地约是666平方米，如此算算的确惊人。但是具体如何我们没人知道。只是偶尔听到他咕哝：我妹妹的房间都比这个鬼地方大。

他说的鬼地方是他们所工作的五星级酒店。

坊间传闻这印度小地主出来，是被父亲逼的。他的爸爸非常开明，当年也曾出国游历几年，如今看儿子太过稚嫩，便把他扔出来希望磨砺他的性格。在不情不愿以及“你不出去打拼一下，我一分钱也不会给你”的威胁下，这个男孩来到这家酒店，和加藤一样，做打扫房间的服务员，每天低头弯腰清理马桶，捂着鼻子把无数可疑的垃圾归拢到一起扔掉。

因为总是闲站在一旁不做事，被搭档告了好几次状，加上客房服务部的经理以咆哮闻名，使这个男孩日益低沉。最后一次他挨骂时的现场之火爆程度，惊动了全酒店上下。

据说当时是这样的，几个客人让印度男孩更换浴室毛巾，但是等了一个上午，连他的人影都没见到，客人恼怒地去投诉，竟然被他还嘴说：“你们自己弄得那么脏，还好意思怪我。”

印度男孩彻底捅了娄子，这间酒店一向奉顾客为上帝，加上经理早就对他不满，就把他拖到办公室一顿骂外加警告处分。可是高潮在于，这男孩直接把打扫客房的手套扔到桌上，仰起头大声说：“我才不稀罕在你这干活，我告诉你，我家可以把整间酒店买下来！”

辞职经典必备扔手套环节过后，他开始长篇大论地演说，内容无非是“我家那么有钱我凭什么听你使唤”“你们这儿就是垃圾，垃圾，垃圾！”诸如此类，当时正值午饭时间，因此所有客房服务员听得一清二楚，男孩的印度腔英语久久回荡在办公区内，引得不少人偷笑。

在年轻人堆里，这事成了茶余饭后的笑话。没人在乎你有没有钱，只看你有没有用自己的力量去获得金钱。

后来大家再说起他，都是揶揄的语气：“啊，不知道他什么时候回来买下酒店呢？”

比起印度男孩，小夏的情况稍微好点。

小夏是典型的中国普通青年，独生子女，家境小康，父母传统，从小到大读书也还中等，顺利上了大学，平时喜欢看美剧，但也不排斥文艺闷片，淘宝是购物常驻基地，偶尔转发一些“星座心语”之类的鸡汤微博。

依据以上种种而言，她的人生轨迹会像其他朋友一样，找一份稳妥的工作，身边有一个可靠的人，每年年假时旅游几天，生活平淡熨帖。但小夏不愿意，“咱有一颗流浪的心”，于是这颗心就带着刚毕业的她出了国。

在出国前，小夏幻想的生活是无数的聚会，金发碧眼肌肉男端着酒杯过来搭讪；自己找一份工作，每天上班前踩着高跟鞋喝着咖啡冲进办公大楼；周末去学学钢琴，小提琴也不错，然后在家做点烘焙，烤点饼干，和新闺密们共享八卦。

现实在飞机落地时就击败了她，小夏拖着三箱子行李，里面装满了她的护肤品和裙子。从机场出来后，她不知道怎么看机场大巴，只好去等公交车。一个多小时的等待煎熬后，终于醒悟到新西兰公共交通极不发达，没有车寸步难行，小夏最终花了人民币400多块钱搭出租车抵达预订好的旅社。

那一小时在南半球阳光的暴晒中，小夏对美好西方生活的憧憬就像冰激凌一样，软瘪瘪地融化了，滴在手上，狼狈不堪。

在青旅生活没有几天，小夏的生活费就开始捉襟见肘。她开始着急找工作，短短三周内，她换了三份工作：在华人餐厅端盘子，每天要工作到11点，太累了，而且华人老板总克扣时薪，走人；在洋人的午餐店做前台点单员，第一天就刷错了客人的卡，老板脸色太难看，走人；在礼品店里做销售总要面对挑剔的客人，选个护手霜都要40分钟，烦人，走人。

小夏次次离职都情有可原，她发现自己不适合都市里的店员生活，于是转奔南岛，奔向茫茫草原的怀抱。

南岛的畜牧业和种植业比较发达，年轻人总会来这里寻找农场工作机会。小夏顺利地在苹果园找到一份工作，但是第一天，几十斤重的筐子就把她的手臂弄出血痕，小木刺扎在肉里痛痒难忍。第二天，紫外线极强的太阳晒得她脱皮，脸上背上全是一片片红疙瘩，擦了两天的药还不见好，只好转道去基督城，到曲奇饼厂做包装女工。

这份工作还不错，就是站在流水线边，检查一下有没有空袋子或是包装错误，周薪轻松赚3000元人民币。可是1个月后，小夏还是辞职了。因为大降温来得太猛，住的地方连暖气都没有，晚上彻夜难眠，早上6点开工的清晨，最终让她发烧了。

小夏在新西兰一共只待了3个月，在6月冬天来临前，她匆匆逃回中国的夏季。在这儿，她没有被金发碧眼的帅哥搭讪，那些男孩只懂喝酒，以及约喜欢晒太阳的姑娘跳舞。她没有找到一份能让她踩高跟鞋上班的工作，本地人自己就业都有点难，更别提一个英语刚过四级，连工作经验也没有的外国人。她也没有做过一次烘焙，3个月来，她不断奔波找下一份工作，居无定所。

就这样，小夏离开了日夜煎熬的出逃生活，回归到温暖的家，那里有随时随地能买到衣服的淘宝，有合口味的菜，有坐在办公室轻松过活的日子。后来再有人向她询问出国事宜，她都会特别坚决地说：特别辛苦，就是去受虐的，一点意义都没有！

问问自己愿不愿意去试

我们离开家乡，从一段情感中生生剥离，去跋涉，去挑战，去尝试，去重新开始，这一切并不是谁非逼着你这样不可。没有人逼你到北上广去住10平方米不到的出租屋，没有人逼你必须熬夜工作，没有人逼你必须去和难打交道的客户沟通，没有人逼你

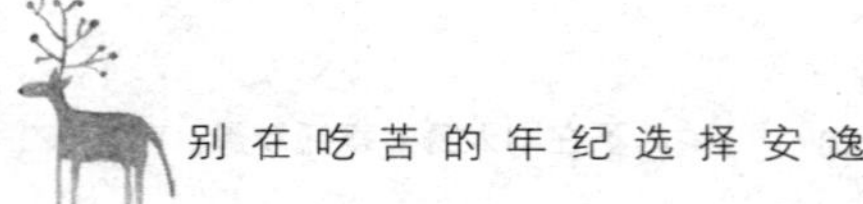

一天必须工作十六七个小时。

也没有人逼着你非离开熟悉的故乡，离开父母身边，离开安逸的生活。

其实谁不想在家乡，陪着父母老去，谁不想可以在熟悉的故乡和认识了十年的老朋友时常聚聚，谁不想待在老家，有一所属于自己的房子，未必面朝大海，但总能容下一个三口之家，弥漫饭香。

但我们依然把故乡和过去一起背在背上，带着梦想独自起程。

因为我们不想在20岁的时候就过上80岁的生活，因为我们相信梦想必须在更大的地方才能绽放得绚烂，无论生活多么不公多么残酷，努力奋斗依然是离开狭隘和偏见的唯一途径，每一种艰难的工作都有可能通向梦想的天堂。

所以，我们自愿选择看似崎岖的道路。

闺密的男朋友T君是一个创业者。大学的时候他参加全市的科技创新大赛，拿了一等奖，是别人眼中的天才，再加上身材样貌不错，一时风光无两。毕业后，这个天之骄子原本有机会进全国最好的互联网公司，拿令人艳羡的薪酬。可是他拒绝了这个极好的机会，背着他自己的产品到了深圳。原本可以在北京的写字楼里吹着空调当经理的他，背着包在深圳华强北闷热的大楼里当推销员。一连跑了一个多月没有人看好他的东西，好不容易有人看中却被对手背后下手抢了单，好不容易没有被人抢单，因为产品的服务出了问题，他被客户指着鼻子骂骗子。天之骄子一下子落入了凡尘，尊严粉碎了一地。

遇到这样的事，耐得住性子坚持的就能挺过去，耐不住的就永远是个路人甲。有一次跟闺密和T君小聚，聊天说起这段，他的语气平淡得就好像在说别人的事，他说他打心眼里还是觉得自己是个做开发做产品的人，不想把自己的东西让给其他人，所以才拒绝当时的那份工作，可是他万万没有想到，现实会让自己既当销售员又负责售后服务，这真不是他想干的活。但最终一切还是稳定了下来，他成了自己想成为的人。现在他不仅自己做项目，也投资项目，那些经验和眼光都是他售前售后一起当的时候积累的。

面对工作，有时候我们很难说喜欢与不喜欢，就像我们很难说清离开家乡漂在外面的感觉是喜是悲，但我们总在这样的生活中一天天清醒，终有一天豁然开朗。所以，我们一直对自己说，没事，无论这生活的深潭里埋着什么，潜得久了就知道有没自己想要的东西，摸索得长了就知道这生活是不是我们心之所向，哪怕抓到满手淤泥，也是下一次前进的线索。

又或许，我们的所有热血都在现实的汪洋里冷却，如一场热闹的宴席终于走向平淡，可是那又如何呢？哪怕我们所有的尝试都终将败北，但那曾经波澜壮阔的青春总可以在我们老的时候变成故事来讲。

所以，不要问自己前面有什么，不要问自己会得到什么，先问问自己愿不愿意去试，敢不敢跳进生活这片不甚清澈的深潭。

我的大学室友中有一个姑娘来自东北，我还记得她一开口时那股浓重的东北“大碴子”味儿。她的格言是必须趁年轻的时候多看看世界，多体验人生。因此毕业时，她没有像我们一样忙着考研和找工作，而是拿了2万块钱潇洒周游世界去了。我不知道她的具体行程，只是从她发在社交网络上的照片和状态了解她到过哪里。

她曾去过丹麦，那里极少有人说英语，这意味着她在那里要连语言都要从头开始学，而她在那里待了一个月，社交网络的状

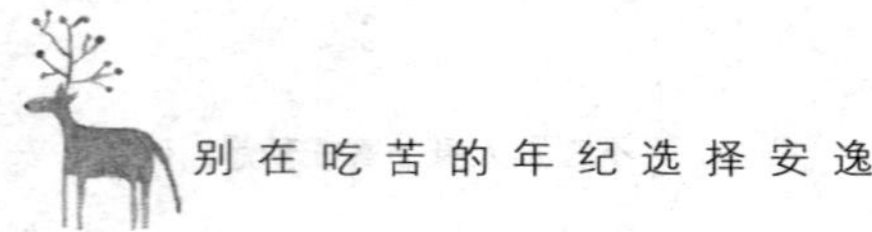

态里总是她今天遇到的奇异的单词和因为语言出错而出的糗，尴尬又开心。她还说丹麦人用长得像塔一样的小锅煮吃的，真是难吃，十分想念北京的涮羊肉。

她在阿拉斯加见过此生所见最大的三文鱼，在瀑布见过它们跳跃着不顾一切洄游产卵，她说见过这些后，觉得自己受的所有苦都值得。我知道，那时候和她恋爱了三年的男朋友终于还是没有耐心等她回来，和一个女同事结婚了。那个男人在他结婚那天才用微信告诉她不再等了。我不知道她是不是哭了，那天她传的照片只有三文鱼。

她在国外的日子里，我们总是聊到她，说她真是天真啊，真是冲动啊，真是不顾现实啊。也有人说，她的家境也许能让她有冲动和不现实的资本。我不知道她的父母做什么工作，但我知道她出国的2万块钱来自她四年大学的省吃俭用和兼职打工，我知道她是宿舍里唯一一个不用手机而用公共电话往家打电话的人。就算她家里真的富得能让她包养全球首富又怎样？她不也是一个人，走到了我们没有走到的地方，迈开了我们没敢迈出的脚步吗？当她一个人身在异乡被爱了三年的男人放弃的时候，不也是一个人撑了过来吗？所以，就算全天下人都不理解你的决定也没有关系，你经历了一切，就总有一天会用和别人不一样的状态去面对一样的生活。

“前途路上，置诸死地，有人，真死了；有人，活过来并活得更好。最重要的是，问自己，有没有勇气做，做砸了，输不输得起。”输得起的，上帝本来就没有规定付出与收获之间必须有固定的比例，大不了重新再来一次，反正你不去试也什么都没有，因此试了失败了也没有什么可以失去的。

生活就该如此尽兴

小林来自重庆，性格非常爽朗，各种笑话信手拈来，反应速度极快，聚会时她能将一直疯疯癫癫的另一朋友直接呛得哑口无言。可是她鲜少提起自己的过去，如果有人问，她就会反问一句："你猜？"

没有人猜到，于是打个哈哈就过去了。

有一天我正在整理电脑资料，将以前采访时的资料归类，尤其以时政类为主，满屏的"××大会精神总结""第×届活动流程"。小林凑在一边看，突然没头没脑冒出一句："我以前经常写这种材料，要疯掉！"

我很好奇，小林实在不像能写这种八股文材料的性格——要是她坐办公室，突然传出那震耳欲聋的爆笑声会吓死隔壁大姐，平时和领导说话直接上手拍肩，估计第二天就被开了。

可是事实真相是，小林不仅曾经是个公务员，还是部门里的小骨干，平时接待外宾，翻译外事材料都是她的活儿。

小林考试运一直颇佳，高考考进重点院校的外语系，毕业后顺利考上公务员。她工作的大部分时间都在写材料，隔三岔五总结一下最新精神，还得用各种词汇来描述内心感受。

时间一久，整个人都空了。

小林觉得无聊，办公室的白色办公桌无聊，领导发言无聊。无聊每天吞噬着自己的骨头，小林在工作第三年开始写日记，有时不知道写什么，就在整张纸上用笔深深地割出四个字：浪费生命。

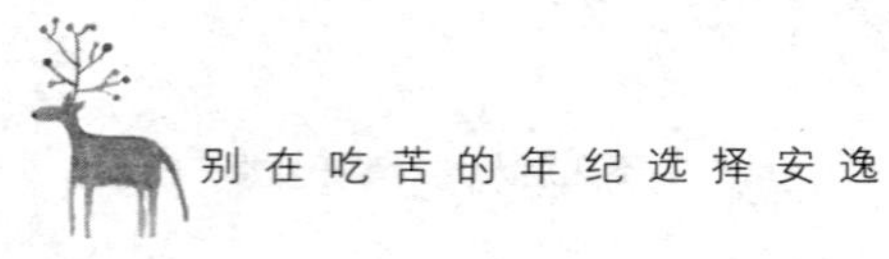

那时候每天下班会和同事一起坐班车，其他人坐在一起讨论家庭孩子办公室八卦，小林一个人坐在窗边玩手机。刷网页时，她忽然看到一篇关于国外打工的攻略。

她久久望着结尾那句话：现在就上路吧。

小林辞职没有费多大事，虽然父母有犹豫，但是小林的坚持最终还是让他们放了手。

出国以后小林被行政单位生活压抑许久的热情全都爆发出来，她尝试了所有疯狂的事情：一路搭陌生人的便车，去跳几十米高的瀑布，没钱了直接敲门询问好心人能否收留她一晚……

生活一下子变得尽兴了，每天都迸发出刺激火花。她一路找不同工作，在餐馆蹲四五个小时洗盘子，去果园背三十几斤重的筐子摘苹果，去给西班牙人做英语导游，甚至还在跳蹦极的地方帮游客拍落下去瞬间的惊恐照。

小林以前出去游玩照的相，都是站得直直的，抿嘴矜持微笑着，现在却是各种凌空跳跃和咧嘴大笑。最初几个月，每次联系都会反复问“辞职后悔吗”的严肃父亲，后来也渐渐开起她的玩笑：“看你这脏的，和猴子一样，还嫁得出去不。”

今年1月，准备回国前的一天，小林在微博上写下一段话：如果没有经历过，不知道自己原来有这么大的能量，现在的我真棒！

下面有个网友的留言，言辞间有些质疑：那你还不是得回国，还能找到像以前那么好的工作吗？

小林并没有回复他，因为类似的话她早已听过无数。

在路上，我们渐渐明白一个道理，当我们走出来看过世界以后，我们的能量将会被无限放大，吃过苦摔过跤体会过无人可以依靠的生活后，我们的成长足以让我们面对大部分问题。

幸运是满满的实力

幸运也是一种实力，世上没有永远的幸运儿。

我属于天生运气较好的一类人，家境好、长得好、学习好、工作好。

前两好是命好，后两好完全是个人努力所得，尤其是最后一好——我的好工作，能够在30岁时做到这个职位，说起来，得感谢一个人，是她，扎扎实实地给我上了一课，让我明白了一个简单的道理：没有永远的幸运儿，好运气其实也是一种实力。

2010年8月的一天，我坐在洒满阳光的玻璃窗前，故作平静地品着咖啡，内心早已澎湃成一条汹涌的河。再过几分钟，新主管的人事令就下来了，我志在必得。

然而，人事令上赫然写着王丽萍的名字，差点让我晕过去。

王丽萍怎能与我相比？她只有大专学历，农村背景，身材肥硕，说一口土得没边的山西普通话。而且，她只是个打杂出身的。

记得当初与我一块参加面试时，经理仅用余光扫了她3秒就下逐客令了："王小姐，对不起，你可能不适合这个职位，谢谢你来参加面试。"

公司采取的是围桌式面试，6名面试者围桌而坐，分别回答面试官的问题。王丽萍就坐在我的左手边，我似乎感觉到了她紧张的心跳和因紧张而上升的体温。

王丽萍没有立刻出去，她站起来，直视经理说："我喜欢这份工作，能不能让我留下来？我可以不计薪酬，而且免费加班。"

廉价劳动力啊，我在心里摇头，不自重身价只会没身价。我同情地瞥了王丽萍一眼，没想却被她逮住了这一瞥，而且她还回了我一个真诚的微笑。

那次，公司招了两个人：我和王丽萍。第一个月，我的工资单上写着6000，而王丽萍的是2000。

起点决定终点，从那一刻开始，我发自内心地轻视王丽萍。

我的工作办公环境舒服，座位靠窗，可以俯视写字楼下的芸芸众生。王丽萍的座位是加进来的，在角落支了一张桌子，没有电脑，没有文件夹，椅子不带靠背。

可能是同为新人的缘故，王丽萍特别喜欢跟着我，鞍前马后的，非常殷勤。开始是帮我做些复印打印收发文件之类的小事，后来熟了，一些复杂的活儿我也交给她干。她从不拒绝，有时我同时吩咐她几件事，她怕忘了，会用小本子认真记好，完了还要跟我确定一次。而且，无论我怎么挑她的错，她从没怨言。有一次，我口授思路，让她形成文案，她怎么也弄不明白主旨，被我训得七荤八素，末了，她还小心翼翼地说："对不起，我太笨了。"

跟王丽萍在一起，我非常有优越感。名校毕业，城市小姐，时尚大方，擅长交际，我在公司里如鱼得水，工作得顺心顺意。

我聪明，会偷懒，拿王丽萍当助理使，但也有让我哑巴吃黄连的时候。

那年圣诞节，公司要举行晚宴，由我负责布置现场。这种累活我一向能躲则躲，接到通知后，我把王丽萍叫过来，一番耳提面命，看着王丽萍得了圣旨般出去忙活，我气定神闲地坐在电脑前看起了贺岁片。

现场布置得富丽堂皇，处处彰显出大公司的体面和大气。王丽萍不知从哪弄了棵巨大的圣诞树，上面用彩灯做了一个醒目的公司Logo。晚宴上，这个Logo的创意引起了老板的注意，老板提出想见见这个创意的设计者。

布置现场是我的工作，本来应该由我去，但是经理却点了王丽萍，谁让我布置现场的时候在偷看电影？所有参与布置的人都知道，是王丽萍自始至终在忙活。可有谁知道，这是我教给王丽萍的呢。

那个圣诞是我最痛苦的记忆之一，很快，年终评选会上，我再次被王丽萍震惊。

评选优秀员工，王丽萍全票通过。王丽萍平时谦卑谨慎，又勤快能干，人人都享受过她的免费劳力，而且她在公司没名没分，投她一票没有任何威胁，卖个人情何乐不为呢？而这样没有争议地拿到优秀员工奖，在公司还是第一回。大老板很好奇了，他想看看王丽萍究竟是何方神圣。

大老板召王丽萍面谈了足足两小时，在那两小时里，我分分钟如坐针毡。

过完春节，王丽萍就与我平起平坐了，但她在我面前，依旧谦卑低调，任由我使唤。我虽对她有所侧目，但心里终究还是有些瞧不起她，不就是一打杂出身的，而且，还笨，她今天的成绩，还不是我拱手相让的？

一年以后，我和王丽萍的主管升职了，主管空缺，看了看身边的王丽萍，我笑了。

然而，人事令上，分明写着“王丽萍”三个字。

任何人都可以，唯独王丽萍不行，我几乎是冲进了经理办公室与他理论。

“凭什么？我哪里不如王丽萍？”

经理什么都没说，默默递过来两张考勤表，一张我的，一张王丽萍的。我的那张，空白地方多，王丽萍那张，画得满满的，她几乎每周都加班了，而我，不是迟到，就是早退，请假还特多。

经理又拿出两个本子，分别记录着我跟王丽萍的工作业绩，我的依旧很空白，她的还是照样写得满满的。

经理再递过来一摞方案，是王丽萍加班时写的，都是关于公司建设方面的，我扫了几页，立刻蔫了，不少观点都是我平时跟她卖弄时随口说的，她如此有心，又如此勤快，不仅记了下来，还理得清清透透，做成了精美的方案。

经理再递过来别的，我不敢接了。

有一句英语叫作every dog has a day，意思是说每个人都有走运的一天，那一天，是王丽萍的好日子。对她来说，青春如同一场战争，无论悲壮或惨烈，她都要勇敢“参战”。不在别人身上寄托梦想，不在乎身旁的耳语，只是告诉自己要努力，才能打赢这场“仗”。

人生仿佛一场局，迷茫时在局内，参悟时已在局外。

当我意识到自己和王丽萍之间的差距时，我才明白，我应该努力去争取属于自己的“那一天”。

我用最快的速度递交了辞职信，临走前，王丽萍过来送我，眼圈有点红，说：“对不起，我不是故意的，我只想向你学习。”

我一摆手：“你不用道歉，你没有错。”

我换了新工作，在新公司里，我眼明手快，工作勤恳，成绩斐然，自然升职也快。每次升职，我的心里都有一股酸甜的感觉，并且会自然而然地想起王丽萍。

有一天，我故意经过原来的公司，没想到，还真跟王丽萍不期而遇了。她瘦了，穿着高档套装，脸上是精致的妆容，一副资深白领的派头。

迎着灿烂的阳光，我俩相视而笑，继而紧紧相拥。

Part 5

每一步，都由你来决定

在暗夜里独行

那天去见我的一位客户，约在一家大厦顶层的咖啡厅。那是一个喜欢穿红色衣服的短发女人，性格和言行相当西化，做事风格明快利落，说起话来语速极快，笑起来的时候毫无保留，很讨人喜欢。

我们坐下来细谈双方可以合作的项目。一杯咖啡喝完，公事告一段落。她让服务员续了杯，我们一起放松下来，瞭望落地窗外的城市全景，有一搭没一搭地闲聊。我很好奇她明明是传媒专业出身，怎么会想到自己开公司。她笑了笑，和我聊起她14岁孤身去美国留学的事。

那是她人生最孤独的时期。

在那所英才遍地的私立高中，14岁的她遭遇到了前所未有的“culture shock”（文化冲击），不知道怎么融入环境，害怕被嘲笑，上课不敢发言，有疑问不敢问，不敢参加活动，在寄宿家庭，也不敢和房东搭话，没有一个朋友，也没有一个可以交流的人。

她知道再这样下去不行，却不知道怎么去改变这种状况。

事情的转机出乎意料。有一天，她去附近的大型超市买日用品，一路都低着头走，不小心撞上一辆儿童推车。小孩受了惊吓，哇哇大哭，她连声道歉，孩子的父母却不依不饶地指责她。很快有人过来围观，周围的人见孩子哭个不停，孩子父母又怒气冲冲，以为是她伤害了孩子，也纷纷指责她。

她又窘迫又难过，情急之下居然蹦出一口流利英文。她口齿清晰、逻辑通顺地把事情的细节解释了一遍，顺便驳斥了孩子父母对她的误解，又再次诚心向孩子道了歉，然后在众人的注视下昂首挺胸走了。

经过这一次，她像被逼入绝境而逢生，从此不再害怕开口。

一旦勇于开口，她的开朗天性很快发挥了作用，到高三时，她已经是班里最受欢迎的女生。此后高中毕业，她顺利考入常青藤名校就读，一路读到硕士，拿到学位之后，回到阔别十年的北京。不出所料，她再次遭遇了“culture shock”。已经习惯西方文化的她无法融入国内的环境和人际关系，工作频频遇挫。

孤独卷土重来。

那种身在自己国家却不被接纳的感觉，相当难受。她换了好几份工作，终于在某一天和一位公私不分的媒体总监拍桌子吵架后，结束了最后一份工作。

“在美国，我曾经是一个局外人，没想到回到中国，我又成了局外人。”

我忍不住插嘴：“我倒觉得很不错呢，和外国人打交道时，你是中国通，和中国人打交道，你又是外国通，这不是很大的优势吗？”

她睁大眼睛看我半天，忽然笑了：“你和我当时的男友说了相同的话。”

她说，男友的这句话简直让她醍醐灌顶。一直以来她总想着自己的劣势，完全没想到，掉个头，劣势就可以变成优势。她之所以自己开公司，也是为了更大限度地利用自己中西方两种文化背景的优势。对这个在中国长大，又在西方留学十数年的女人来

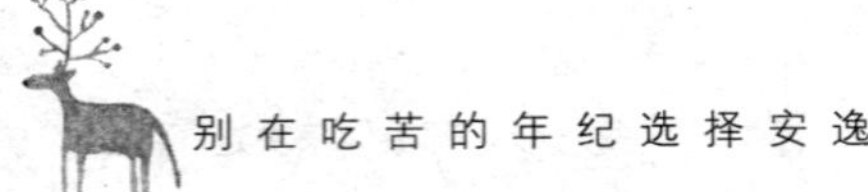

说，整合、协调两方面的资源，根本就是信手拈来的事。如今她出入中国人和外国人两个圈子之间，赚两个圈子的钱，游刃有余。

后来她说，她曾经想，自己究竟是为了什么在14岁的年纪就孤身远赴异国？

不是为了与孤独为伴，把自己逼入困境，日后谈论起来连自己都心疼自己，自己都会被自己感动，不是这样。她去往远方，是为了冲破孤独，打开自己，走出一个人的世界，去看更大的世界。看过更大的世界之后，才有今天的她。

人生每一个孤独的时刻袭来，你可以诅咒它，冲它发火，或者逃避它，索性束手就擒，但当你有幸走出来，在更大的舞台上闪耀光芒，你会发现那些与孤独相伴的时光都是命运对你的馈赠。

跋涉过人生最孤独的时刻，你会看到自己的蜕变。

认识一位女心理咨询师，不过30岁左右，自己做咨询网站和App，聚集了一大批同行在身边，事业做得顺风顺水。

她留着梨花头，皮肤白皙，笑容甜美，说话时声音软软的，仿佛一个邻家的小妹妹，一点都不像一位心理咨询师，更不像一个事业成功的“女强人”。但有一次听她在人前聊起过去，我们才知道，原来她内心的强大远胜她外在的柔软。

那是在她的一本心理随笔的新书发布会上。台下的读者举手提问，当初在你还是个小女孩的时候，为什么会选择走进心理学这个领域？熟悉她的人都知道，她报考大学时，按照父母的意思填了计算机系——和心理学八竿子打不着的专业。大一没读完，她就退学重考，这才转学了心理学。

她说："我18岁离开家，第一次试着一个人生活。除了那些一个人生活通常都会遇到的实际问题，我最大的体验是孤独。"

不仅仅是一个人生活的孤独，最大的孤独是和自己想要的一切渐行渐远，却没有人能够理解，包括这个世界上最爱她的父母。

她花了半年时间，终于明白自己并不适合在那些天书般的计算机语言里过活，想到漫长的四年，乃至漫长的一生，都将和一件她并不热爱的事打交道，她开始打退堂鼓。

父母却说："你那么聪明，肯定没问题。"

她的确聪明，学习成绩相当不错，就这么学下去，想必她也能够成为这个行业的优秀人才。但这不是她想要的。

"那你想要什么呢？"父母问。

"不知道。"她答。

是真的不知道。她只知道，不能再这样下去。

没有给自己留退路，就这样退了学。

重考的日子不算辛苦，她向来成绩优异，完全有信心考上一所更好的大学，但那段日子几乎是她人生中最黯淡无光的时期。每天下晚自习，她都会一个人去操场散步，仰头问自己到底在做什么，而前路又在哪里。

她没有问出答案。但和自己相处的漫长时光，终于让她在万千孤独中，看到了自己——真实的自己。

后来，她考上国内最好的大学，读心理学。没有特殊的、非此不可的理由，她只是发现自己对人类心灵的兴趣，远远大过对这个世界的兴趣罢了。

当曾经的计算机系同学都已经开始拿到薪水，在职场上独当一面时，她还在学校里过着紧巴巴的生活，实习没有着落，工作也没有着落；当同龄人开始升职加薪，她却还在做实习咨询师，拿最低的薪水补贴，做着超负荷的工作。

很多年，她的人生，一直徘徊在没有光的地方，眼看着别人都奔着光亮而去，却不知自己的光亮究竟在何方。

“人生徘徊在没有光的地方，当然很孤独，但孤独是什么呢？”在发布会上，她说，“站在现在回望过去，我知道我咬咬牙就能走出来，就会看到希望，但是在当时，我并不知道希望真的存在，这才是孤独。就像在荒野上，四周一望无际，只有我一个人，我必须在没有希望指引的那些时刻，逼自己怀抱希望，咬牙前行。”

这很像宫崎骏说的：“每一个人生的当口，都会有一个孤独的时刻，四顾无人，只有自己，于是不得不看明白自己的脆弱，自己的欲望，自己的念想，自己的界限，还有，自己真正的梦想。”

孤独，让你看到自己的界限，却也让你更明晰自己的梦想。

在人生这条路上，我们都是这样，只能不停地往前走，不断地在得到的喜悦里领会失去的痛楚，然后对过去所有在暗夜里独行的孤独时光释怀，并且感恩。

用尽最后一丝力量

护肤品新品研讨会上，市场部和开发部的人各自提案，讨论整个系列的定调、名称和相应的卖点。

在一家几乎全是女性的护肤品公司，他身为市场部的新人，第一次提案。幸好这次开发的是男性护肤品，所以他提出了自己觉得很帅气的定调风格，瓶身设计成凸起的纹路和形状，一定会让男性用户心动。

本是自信之作，谁知市场部经理完全没理会他的提案，直接否决，采用了另一个走简洁风格的案子。

这样一来，的确很稳妥，但和以前的护肤品包装有什么区别？

他愤愤不平，觉得经理没有眼光，让自己难得的才华被埋没了。如果只是延续之前的风格，还费什么劲开发新品？

那几天，他每天上班迟到，上司交代的工作也提不起精神干。

终于他被经理叫到了办公室。

“我知道你是因为自己的提案没有被采用，在闹脾气。但你怎么不试着想一想，我为什么没有采用你的提案？为什么没有被你说服？你真的以为是我没有眼光？”

他的确这样以为，但细细一想，的确，他的提案还不够完善。他回去找了相熟的设计师朋友，请他帮忙设计了整个包装，又找了一家工厂，做出了小支样品，呈交给经理。看起来效果相当好的包装瓶，受到了经理的赞赏，但他的想法却再一次遭到否决。

“成本控制呢？这么复杂的包装，成本怎么下得来？”

经理冷冷一句话，把兴奋的他打回原形。

他不服气，在办公室熬了一周，翻阅了无数资料，和许多家工厂联系，在保证质量和数量的前提下，终于成功找到了将成本控制在预算范围内的办法。

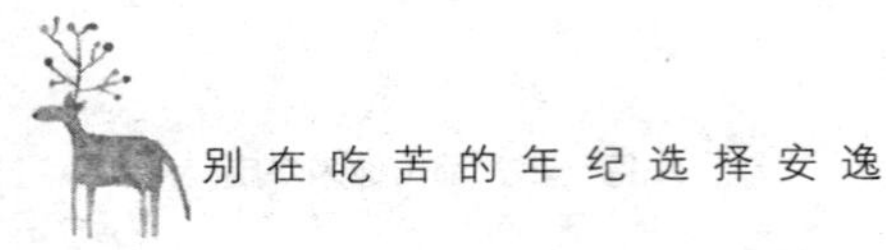

经理终于接受了他的提案。

新品发布有条不紊地进行，请代言人拍广告，联系商场，铺订货渠道，策划活动。经理把确定赠品的事交给了他，那段时间，他沉浸在提案被采纳的喜悦之中，完全没将区区赠品的事放在心上，到了该提交方案的那天，被经理一问，才想起来。

经理很生气："这可是你自己的提案，你怎么这么不上心！"

他虽然觉得惭愧，却也觉得经理小题大做。

"你一定觉得我小题大做吧？"

他吓了一跳。

经理叹了口气："我承认之前我太过保守，不敢冒险，你提出的方案真的很好，而且又有成本控制的方法，所以我觉得冒一次险或许也可以，这才接受了你的想法。但这真的是一次全新的尝试，虽然市场调查效果还不错，但实际投放市场又是另一回事，我希望把每个环节做到完美，尽量减少风险，你明白吗？不要小看一个赠品，做得好的话，很可能大大推动销量。"

他沉默下来。

"你只是公司的一位普通的职员，对你来说，假如这次新品发布失败，你可能觉得这是没办法的事，我不一样，我是负责这个项目的人，我必须对公司负责，对整个市场部的人负责，甚至对我们所有的渠道商负责，你可以指责我过于谨慎保守，却不能指责我为了降低风险而做的任何努力。"

他站在那里，惭愧得简直想把自己的头扎进地下。他从来没有想过这些，一直都觉得经理没有眼光，只会考虑自己的利益，没想到身为领导层，必须担负的是一个如此重大的责任，他总是觉得自己已经把工作做得很好，如果结果不好，那也没办法，却从没有为了让结果变好去努力。之前那熬夜的一周时间，也纯粹只是为了争一口气。

当然，那口气的确争得痛快极了。

他想起大学时参加篮球比赛，还没进决赛，他们的队伍就输了，却没有留下遗憾，因为真的拼命努力过了，他尽了自己的全力，打得酣畅淋漓。赛后，几乎虚脱地倒在地板上，他觉得体育馆里的灯光照在身上，格外美好。

宫崎骏说："可以接受失败，但绝不接受从未努力过的自己。"

最痛苦的事，原来不是失败，而是在本该尽全力的时候，没有用尽全力。那种懊悔、不甘心，想把自己狠狠抽打一顿的糟糕感觉，简直堪比地狱。

此后，他痛下决心，花了大心思做出来的赠品方案，大获成功。不少用户甚至为了得到精美的赠品而买下产品，最后，限量版的赠品赠完后，掀起不小的话题，网上有很多人表示，为了得到传说中的赠品，愿意花钱购买。

他拿到了奖金，在公司的庆功宴上被点名上台讲话。但所有的荣耀，都比不上那种尽力之后发自心底的舒心感觉。

《中国最强音》有一位选手，原来的职业是中学老师，他说自己实在太热爱音乐，太想当歌手，终于下定决心辞了工作，专心走音乐这条道路。

从稳定的讲台，到不稳定的舞台，这一步迈得很大，却迈得不晚。

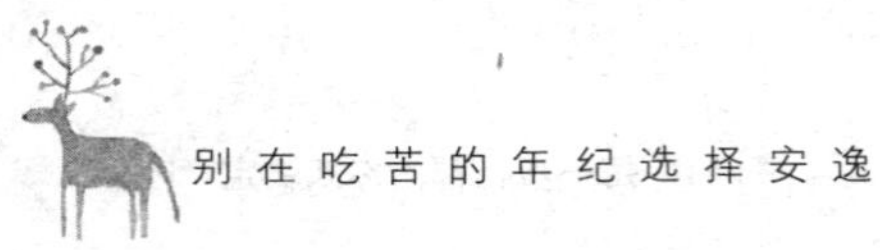

不管什么时候开始梦想的旅程，都不算晚。

可是有人说，他会失败吧。想当歌手的人太多了，怀抱着廉价音乐梦想的人也太多了，随便一个爱唱歌、会唱歌的人，都泪流满面说自己的梦想不死。

的确如此。但你听他唱歌，会发现，那歌声里，有他全部的人生，他经历过的悲喜起伏，都在里面。那是独一无二的歌声。他的确可能失败，不能成名，不能大红大紫，但谁说音乐的梦想只能由粉丝的多少来决定成败?

这位歌手让我想起我中学时代的一位英语老师。她曾说过，她是听从父母的想法念了师范学校，成为一名老师，但她的梦想其实是去国外当同声翻译。我记得很清楚，她是个白皙美丽的年轻女孩，夏天穿着白裙子，戴着大大的遮阳帽经过我们身边时，就像仙女一样蹁跹多姿。我曾经想象过她站在地中海海滩，漫步塞纳河，在伦敦广场喂鸽子的情景，想必会比现在更美。

可是后来，她听父母的话，相亲，结婚，生子，逐渐从一个清新脱俗的女孩，变成一个身材走形、再也不细心打理自己的女人。我想，她大概会在讲台上站一辈子，到老时，儿孙满堂，或许会去地中海和塞纳河边走一走，然后遥遥记起当初的梦想，无声叹息。

王家卫在《一代宗师》里说：“人生若无悔，该有多无趣。”

但若是放着悔恨在身体里、心里生根发芽，不曾为了最想要的生活纵身一跃，人生大概会更无趣。

并不是说当歌手和翻译才更牛，当老师就不好，而是，你有没有拿出一点点努力，去接近你想要的。

人的一生，有多少事，真的不求结果，只求尽情尽兴。

爱情，事业，梦想，无非都是求一个自以为是的圆满，自己给自己一个交代。

不计代价地努力一回，不计后果地燃烧一回，哪怕一败涂地，也比该做的事没有做，好一百倍。

所以，我很喜欢村上春树的这段话："我或许败北，或许迷失自己，或许哪里也抵达不了，或许我已失去一切，任凭怎么挣扎也只能徒呼奈何，或许我只是徒然掬一把废墟灰烬，唯我一人蒙在鼓里，或许这里没有任何人把赌注下在我身上。无所谓。有一点是明确的：至少我有值得等待值得寻求的东西。"

无所谓的心境，绝不可能在你什么都没做的时候达到。

非得榨干身上最后一滴汗，用尽最后一丝力量，你才能对任何结局潇洒说一句：无所谓。

年龄只是一个数字

上周末，有朋友邀我吃饭，说要和我聊一聊人生。

二十几岁的人，聊个天都要上升到"人生"的层次，生怕不说得这样郑重，我就不愿意和她聊天。其实，她要说只是聊一聊美食，或者扯一扯八卦，我也是极愿意的。

她带我去了一家很隐蔽的泰国餐厅，小房间，舒适的沙发座，自酿的米酒，看来是打算长谈。

谈话内容的确相当长。

各种关于事业、感情、婚姻、未来的困惑和纠结，连她到底要不要调动职位，她的男朋友到底要不要从美国回国创业，都拿来问我。

“调动职位，可能会稳定一些，清闲一些，让我有更多的时间去顾及男友那边的事，可是薪水会降低；男友回国创业，也是大冒险，万一失败怎么办？但他如果在美国工作，我就必须放弃这边的事业，远嫁异国，到时候能不能适应那边也是个问题啊，况且，就算他回国创业，不会失败，那我的生活肯定也会发生很大变化，到时候会不会影响我俩的感情？我真的害怕一步错，步步错，觉得我俩同时都陷入了困境，怎么走都不对……”

听到最后，我明白了大半。她几乎所有困惑纠结的源头都是因为：她快30岁了，输不起了。

“可是，你还不到30岁呢，还有好几年呢。”我说。

她立刻着急道：“好几年一下子就过去了啊，不尽早做好万无一失的打算，难道等到30岁的时候一无所有？”

说的没错，人生的确该尽早打算。不能过一天混一天。

可是，这世上哪有什么万无一失的打算？就算站在今日看，你觉得万无一失了，明天条件一变动，环境一动荡，万无一失的打算立刻就会变得漏洞百出。

况且，为什么我们在30岁的时候不能一无所有呢？

谁规定到了30岁，我们就必须名利双收，并且坐拥一个同样名利双收的老公，从此人生上了正轨，再也不会偏移？

你怎么保证以后你不会再改变，不会再偏离正轨，不会变得更强大、更聪明、更丰富，再走上更多其他轨道？

为什么要因为30岁大关将近，就如此患得患失，甚至以为人生是一锤子买卖，错失了这个机会，从此就彻底完了？

再说，所谓的名利，到什么样的程度才会让你满意？

你现在拥有一份不错的工作，累是累了点，可是挣得挺多，至少比身边的大多数同龄人多，你的男朋友，在美国留学，热门专业优等生，无论回国还是不回国，自身的价值都摆在那儿，假如你认为这样的你们都一无所有，那么，要收获多少名利，才不算一无所有？

想问的问题像山一样多，其实一句话就可以说尽：

年龄只是一个数字。为什么要用一个数字规定思想和行为的边界？

风靡全球的《哈利·波特》的作者J.K.罗琳，在写出第一本书时，已经30多岁了，当时，她被丈夫抛弃，离了婚独自带着孩子靠政府救济金艰难度日。在人生最深的低谷里，她在咖啡馆里写完了第一本书《哈利·波特与魔法石》，数年之后，她靠写作跻身亿万富豪之列。

美国的摩斯奶奶76岁之前只是一位农妇，没有画过画，但她在因生病而拿起画笔的4年之后，第一次在纽约办画展，引起了轰动。直到101岁辞世，她开过15次个人画展，留下1600幅作品，作品最高拍卖价达120万美元，成为美国最著名和最多产的原始派画家之一。

我还知道一位马拉松运动员，89岁才开始跑马拉松，在此之前，他甚至不知道马拉松的全程究竟是多少公里；还知道一位老奶奶，80岁才开始上大学，花4年时间拿到了学位，有人说她浪费教育资源，80多岁的人还拿学位做什么？但老奶奶说，为什么不

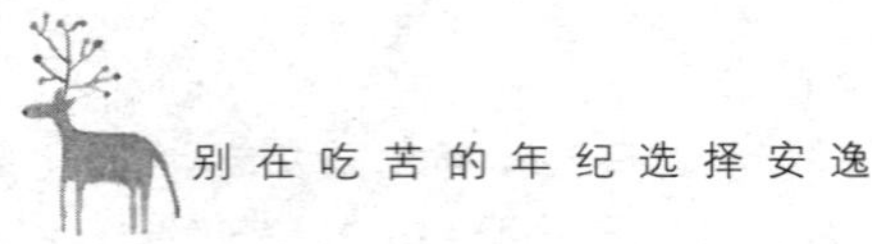

呢？难道就因为80多岁了，就要放弃自己想做的事？

看到这些人的人生，我是真的羡慕，并且唯愿自己的30岁、40岁，甚至70岁、80岁，都能像他们一样，随时推翻，随时竭尽全力，重新开始。

接触过一个全部由90后组成的团队，他们做出一个很火的产品，在年轻人中极受欢迎，在社交网站上更是被疯转，媒体纷纷前去采访，询问他们的创业经历，成功经验。

创始人是个大男孩，刚刚20出头，说起话来稚气未脱。

“就是玩啊。”

记者一头雾水。

大男孩笑了，“就是玩，我们这群人，全都是二次元爱好者，有的喜欢动漫，有的喜欢游戏，我们就是把爱好当成事业在做。这个产品就是玩出来的。大家都觉得有趣、好玩，对不对？当然有趣啊，因为我们就是觉得有趣才做的，要知道，这个产品，灌注了我们团队所有人一生‘好玩’的经验。”

去参观他们的办公室，就是一间大房子，到处贴着动漫和游戏的海报，根本不像个办公的地方，老板没有独立的办公室，和员工之间没有距离，创始人、CEO的工位都在大家中间，每个角落里都有沙发和咖啡机，房间一角甚至还配置了专门的游戏设备，供大家娱乐，放松，寻找灵感。

玩出了市场反响热烈的产品，玩来了天使A轮投资，一群90后成天在不像办公室的地方“玩”，听起来很不靠谱。但你以为他们只是在“玩”？产品研发时，谁不是把睡袋都扛到办公室，轮流着熬通宵？产品更新换代的速度比同类产品都要快，是因为每个人随时准备着的灵感，随时准备着碰撞的头脑风暴，说了就立即行动的高效率，以及那种把办公室当家的拼劲。

有人说，光拼不行，你得好好规划将来，考虑产品变现，市场出路，做受众分析，等等。万一失败了怎么办？万一玩不下去了怎么办？

创始人不同意，“每个人都有自己擅长的事和不擅长的事，找投资，我不擅长，所以找了擅长的人去做，财务、法律、市场分析、宣传推广，这些我都不擅长，都可以找专业人才去做，但我一定只做我想做的产品。”

“成功和失败的经验那么多，谁都可以说出一条两条，但我不相信教条。”他说，“一句话，我就是要玩，否则我就不创业了。先考虑结果，先考虑别人的说法，再去做一件事，我做不来。我始终认为，自己玩尽兴了，别人才会被你感染，被你打动。”

我们都是这样吧，在年轻的时候肆无忌惮，不顾一切，潇洒地挥霍青春，不肯计较丝毫得失，面对人生，面对这个世界，真诚得掏心挖肺一般，吃起苦来如饮甘露，唯恐生命不能尽情。

却在年纪稍长之后，将此前的初衷忘得一干二净，手中的收获越多，越觉得自己输不起，于是谨小慎微，权衡、纠结，对每一分得失提心吊胆，忧心恐惧。

韩寒的《后会无期》里说：“小孩子才分对错，成年人只看利弊。”

说得一点都没错。

成年人都在权衡利与弊，权衡着到底该怎么做，怎么尽早打算，规划人生，才能把弊降到最小，把利放到最大，才能在30岁后做一个人生赢家，从此轻轻松松享福，过一场一眼就可以望到尽头的安稳人生。

但我们可不可以让人生不要那么安稳，不要在30岁的时候就能一眼看到尽头？

摩斯奶奶说过一句很可爱的话："假如我不绘画的话，兴许我会养鸡。绘画并不重要，重要的是让生命保持充实。"

76岁开始绘画和76岁开始养鸡，对她来说，的确没有太大区别。

重要的是，永远竭尽全力去生活，永远让生命保持充实。

不管你是20岁、30岁，还是80岁、90岁。

走向更广阔的世界

一位旅游狂人，探险爱好者，习惯在工作之余，独自去野外探险。没有被开发的大峡谷、草原、森林、沙漠，这都是他喜欢的冒险之地。

或许是因为对自己能力的自负，也或许是为了保持探险的纯粹性，他从来不对任何人透露自己的行踪，包括父母、恋人、最好的朋友。他常常会在假期的时候突然消失一阵子，然后又突然回来。他身边所有的人都已经习以为常。

那一次，他去了自己心仪已久的峡谷，徒手攀爬至岩石山顶，轻而易举穿梭在庞大复杂的地貌间，你能看出他对自己的身体和头脑充满了自信和骄傲。

然后，悲剧发生了。

他不小心跌入山石之间一个狭窄的缝隙，更要命的是，一块落下来的大石头将他的一条手臂死死卡在了石头和山壁之间。

从被卡住，到最后自救成功，整整127个小时。他放弃无数次，挣扎无数次，懊悔无数次，无数次想到死亡，无数次拷问精神，无数次审视人生，最终自己生生用小刀一点点切断了手臂，忍痛爬到谷底，步行8公里走出峡谷，这才终于获救。

这是电影《127小时》的情节，也是一个冒险爱好者真实的经历。

电影中主人公拷问精神，审视人生的那一段格外精彩。

他想，自己怎么就走到了今天这一步？

自负，骄傲，无人区的孤独者的冒险，正是这些他看得太过重要的无聊东西，使得他在遇到危险时，没有任何人能够救他。大自然如此庞大，人类如此渺小，一块石头就足以让他丧失所有希望，而他先前竟然一直以为自己是征服者。

那块石头，其实一直等在那里，从他出生的时候就等在那里，等着在今天，在这一刻，从天而降，粉碎他的狂傲和无知。

这不是一次偶然，不是意外，不是天灾。

不是的。

这是人祸，是他终将经受的障碍，只要他还喜欢探险，只要他还是那个轻狂自负的男人，他就无法逃避。

就像昆德拉说的那样："永远不要认为我们可以逃避，我们的每一步都决定着最后的结局，我们的脚正在走向我们自己选定的终点。"

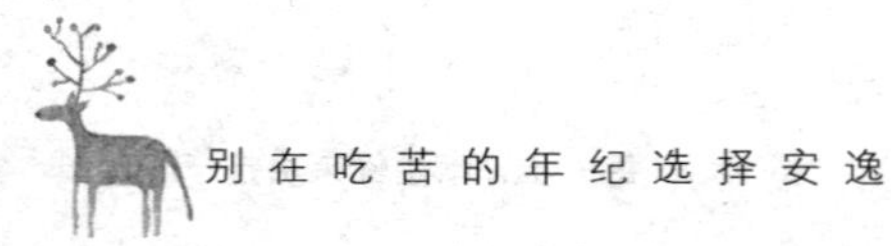

那阵子，她负责和客户洽谈一个项目。公司对这个项目寄予厚望，叮嘱她务必拿下。她的成单率一向很高。公司当然是信任她，才把这个项目给了她。

而她的一贯而有效的做法是：研究客户的喜好，然后投其所好。

她约这位客户吃过一次饭，去过一次高档会所。但对方看起来对这种场合并不感兴趣。后来她调查到对方有收藏的爱好，而且专爱收藏各种稀罕的器皿。于是她专程请这方面的朋友物色了一些，当作礼品送给客户。

客户果然很高兴，坐下来细细研究了半天，又和她聊一些相关的历史和收藏价值。见她一味附和，不怎么说话，客户皱起了眉，“这些东西你专程来送给我，自己却不懂其中门道吗？”

投其所好的结果是，客户对礼物满意，却对她生出诸多不满，一个大项目就此谈崩。她没想到这位客户是这么任性，这么感情用事的人，仅仅因为她不懂门道，就终止合作，这也太荒唐了。

她不甘心，特意又再找到他，希望他重新考虑。

客户很诚恳地说，他考虑得很清楚了。

“说实话，我之所以终止合作，是因为你这个人。这个项目需要注入大量文化内涵和情感内涵，需要能够感染人内心的东西，而你的眼里只有功利，只有合作的成败，项目所带来的收益，以及给你自己的职业生涯带来的好处，我不认为由你所在的公司负责，能够做好这个项目。”

因为大项目谈崩了，她被扣款，又被降职，好几年的奋斗，回到了原点。

她从来都不知道谈成一个商业项目需要有文化内涵和情感内涵，她所知晓的只有最简单的方式，和客户搞好关系，投其所好，再不行，她还有在酒局上千杯不醉的功夫。

因为不想念书，她留级好几次，终于还是没有上大学。高中一毕业她就开始当销售，从一个底层的销售员做到销售经理的位置，凭的完全是她过人的天赋，有眼力，会说话，会喝酒。她一直以为这是真理，而她也的确是靠着这套真理一步步走到今天，和文化素养情感内涵真的半点关系都没有。

重新回到销售员的位置，她忽然觉得，或许这一场挫败早晚得来，即使现在没遇上，将来肯定也会遇上，因为自己的确不具备能够搞定这种大项目的智慧和气场。哪怕她现在靠运气当上了销售总监，总有一天也会出同样的洋相。

是祸躲不过。她曾经逃避了读书的命运，但社会终究以另一种教师的身份，给了她更多当头棒喝；也终究变成另一本书的模样，让她阅读终生。她或许可以逃开上课的命运，却绝不可能逃开学习的命运。

她想，她要学的东西实在太多了，她不能满足于仅仅当一个会喝酒，会讨好人的销售经理。她还想见识更多的人、更大的世界，想去见识那些站在顶点才能看到的风景。

还记得电影《127小时》的结尾：失去了一条手臂的探险爱好者，最后成了探险家。这真是最好的结局。

他没有因为一块石头的阻挡，没有因为这场悲惨的遭遇，就此失去勇气，放弃人生最大的爱好和梦想。

一块石头，是障碍，同时也是力量。当他战胜了自己的那一刻起，它就已经超越了这个障碍，并且记住了它赐予的血淋淋的教训，以此为踏板，走向更广阔的世界。

所以，昆德拉说得没错，永远不要以为你可以逃避，每一步，都在走向你自己选定的终点。

而且每一步，都由你自己来决定好与坏。

时光不会亏欠任何人

表姐从美国回来，我去接机。

她拖着行李箱走出通道时，我愣住了。质地精良的衬衫，黑色紧身长裤，长款风衣，简洁利落的欧美范儿，一脸神采飞扬的笑容，她早已褪去当年的笨拙和自卑，好似一块原石已被打磨出耀眼光彩。

她说她读完MSFE（哥伦比亚大学金融工程硕士），在美国拿到了好几家投资银行和基金管理公司的Offer，打算在那边工作了，这次是回国来办一些手续。

轻描淡写说着这些的表姐，哪里还有一丝青春年代的影子。

高中三年，表姐是班上最不起眼的女生，长相普通，家境普通，不懂打扮，不擅长交际，学习很努力，成绩却永远只是平平。午休时，别人都在玩游戏聊八卦，她总是埋头看书做题。连班主任都说她：“你就是因为太死板，考试才考不好。”

她那时不明白怎样才能不死板，只知道什么事都怕“认真”二字。

她认真得简直有点滑稽。大好的青春，全都消耗在数学公式与英语单词里面。少女那些萌动的情愫，她当然也有，却因为太笨拙太自卑，还没等她有勇气开口向他告白，毕业就匆匆而至，彼此各分东西。

幸好三年不间断的努力和认真起了作用，她考上了排名靠前的重点大学。

她大学前三年，几乎是高中生活的重复。寝室的其他女孩子，忙着恋爱、兼职、煲剧、旅行，把日子过得多姿多彩，她却是教室、寝室、图书馆、食堂四点一线，单调到几近乏味。到了大四，其他女孩子开始忙着分手，找工作，考研，写毕业论文，她却已拿到普林斯顿大学的全额奖学金，准备出国。

同学会上，大家谈论起当年牛闪闪、不顾一切、傻里傻气的青春时，她插不上嘴。她的青春，谁都不在场，只有无数本书，无数道试题与她为伴，一句话就能说尽。但当大家谈论起事业时，所有的视线都一起转向她。

谁能想到，当初那个笨拙又不出彩的女孩，会成为华尔街的精英呢。

都说青春不疯狂，不放肆，就是虚度，就会后悔。但从表姐身上，我看到了青春的另一种可能。

同班同学中，当年玩游戏聊八卦的人，如今牢骚满腹，家长里短，而那个青春一片黯淡的姑娘，却在沉默中华丽转身，站在大家都无法企及的舞台上，接受所有人的艳羡、嫉妒，以及喝彩。

等你蜕变成更好的自己，再苍白的青春岁月，回忆起来都会让你嘴角上扬。

哪怕被这个世界亏待过，时光也终究不会亏欠任何人。

朋友离开普吉岛时给我打电话，说她已经想清楚了，回来就辞职，换一份工作。

先前的那份工作，她简直像中了邪般，无论如何都做不好。

起初是不小心得罪了上司，然后和同事闹僵，被客户投诉，交上去的案子永远被打回来重做。当初她求职时，大学四年那漂亮的履历和实习经验，助她过关斩将，而她也壮志满怀，准备在职场上大干一场。

谁知世事难料，接二连三的打击，几乎让她开始怀疑整个世界。

仿佛是上天都掺了一脚，专要和她过不去。

她想，这是怎么了，为什么自诩优秀的她连这样一份简单的工作都做不好？

当然想过辞职，却也犯了傻，她想着：自己连这么初级的工作都做不好，去了其他公司难道就有自信能够做好其他工作，能够顺利融入另一个环境？

她纠结得不得了，压力大到失眠。她终于受不了，于是请了年假，随便参加了一个旅游团，去了普吉岛。

后来她告诉我，她在普吉岛遇到了一位店主，不知道是哪国人，独自在岛上开了一家小店，卖奇奇怪怪的甜点和颜色艳丽的热带饮料。

也不知为什么，坐在他的店里，她不自觉地就放松下来，向他倾诉了自己的遭遇。她英语说得磕磕绊绊，店主却听懂了。

他问了一句："你觉得，我有什么才华？"

她有点摸不着头脑，"一个店主，有什么才华？经商的才华？"

店主笑了："错，其实我最大的才华是会聊天。"

她也笑了，以为店主只是开玩笑。他却接着说："其实，我以前弹过钢琴，当过老师，做过销售，但直到我开始经商，我才找到最能让我发挥才华的地方，如果我告诉你我的公司已经在全球各地开了很多家分店，你一定会惊讶吧。"

的确惊讶。

"那么，最能让你发挥才华的地方，在哪里？"最后，他问。

她忽然愣住了。她从来没想过，一直以来，她都只想着要做好眼前的事，搞定工作，升职加薪，成为职场牛人，就像所有优秀的人那样。

"有时候，不是你的才华配不上这个世界，而是你身处错误的世界。"穿一条夏威夷短裤的店主语重心长地说。

从普吉岛回来，她辞掉原先的工作，在一家大公司找到一份很好的工作。大学四年的打工兼职经验仍然没有白费，在面试时，面试官对她表现出来的见识和能力相当欣赏，刚入职她就被破格允许参与一些重要项目。

能力得到了锻炼，她学习快，又拼命，很快升了职。现在她每天穿着真丝上衣西装裤，像这个城市最典型的白领，穿梭于写字楼和咖啡厅之间，每周出差一次，在各个城市最好的酒店欣赏夜景。从前的煎熬挫败就像做梦一样，早已不复存在。

我问她那个普吉岛店主的故事是不是真的，她居然犹豫了。

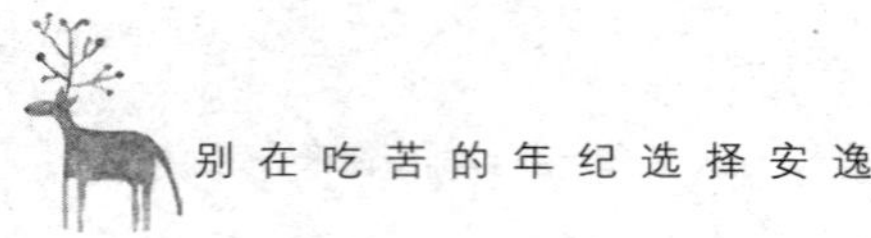

“我也不知道是不是真的，现在想起来也像做梦一样。”

但是店主送的船锚模型，至今还在她的手机上挂着。

被周围的一切否定，不知多少人有过这样的经历。

有时你以为你活得像一场无法逗笑任何人的笑话，毫无意义；你以为人生只能这样，就像无论如何也找不到出路的迷宫；你以为整个世界都亏待了你，而你再也没办法找到任何属于自己的骄傲。

但其实只是你自己取消了自己的意义，又或者只是走进了错误的世界里，还错以为现在所处的环境就是整个世界。

直到你迈出一步，两步，三步……才知道世界何其广阔。

哪里都可能有你的天地。

退一万步讲，哪怕被整个世界亏待，你也可以不亏待你自己。

Part 6

用一朵花开的时间去等待

一点一滴，终有未来

朋友感冒咳嗽，久久不见好转，一日打电话给我，与我寒暄几句后，边咳着边问我有没有什么治咳嗽的偏方，说她药吃了一大堆，全都不见效。

我因为胃不好，平时能不吃药就尽量不吃药，自然没什么偏方可以提供。她很遗憾地叹了口气，又向我诉苦，说她有时晚上都会被自己咳醒。我听到电话里传来呼呼的风声，问她在哪里打电话。她说刚从地铁出来，正迎着风口。

这样迎着风讲话，难怪边说边咳，我忙让她挂了电话。

接下来几天，她经常给我打电话，和我聊些最近的烦心事。有时是在我午休时，有时是在我刚下班时，而她刚和客户喝完咖啡。

她仍然咳嗽，有时很烦躁，说怎么咳嗽迟迟不好，又说肯定是因为她老在外面跑，而北京雾霾太重，接着就开始聊她事业成功之后离开北京的大计。

我哭笑不得。

亲爱的朋友啊，生了病就得停下来，好好静心养着，你却着急忙慌地想着尽快痊愈，这样怎么会好转呢？你明明咳嗽，却每天忙着工作，不停地透支嗓子，和客户说完话，不好好闭口休息，还要继续和我聊天，饮食上也不注意保养，每天都是在外面吃快餐厅的食物，还喝咖啡，难道不知道咖啡刺激嗓子？

后来，她终于请了假，在家静养了几天，不说话，喝冰糖雪梨水，隔绝了工作上的事，每天听音乐、静静坐着看会儿书，牵着妈妈养的狗去公园散步，到了第三天，果然好了大半，不再咳嗽。

病去如抽丝，让人干着急，偏偏这又是最急不来的事。

越急，病好得越慢。

朋友说她也懂这个道理，事到临头却还是忍不住着急。只要一想到还有那么多工作需要她处理，她就停不下来。

听她这么说，我忽然想到，或许我们都是这样，活在一个停不下来的世界里。

周云蓬曾在《绿皮火车》里描述："曾经有那样的生活，有人水路旱路地走上一个月，探望远方的老友；或者，盼着一封信，日复一日地在街口等邮差；除夕夜，守在柴锅旁，炖着的蹄髈咕嘟嘟的几个小时还没出锅；在云南的小城晒太阳，路边坐上一整天，碰不到一个熟人；在草原上，和哈萨克人弹琴唱歌，所有的歌都是一首歌，日升日落，草原辽阔，时间无处流淌。"

读之令人心生向往。

而在一个停不下来的世界里，你会读到许多人加班猝死的消息，会听到许多人为事业名利毁掉健康壮年早逝的悲剧，会看到网上有人正儿八经地说，如果一个人没有秒回你的信息，就证明他不在乎你。

每个人似乎都失去了耐性。

梦想恨不得一日成真，事业恨不得一跃千丈，感情最好今天见面明天就说我爱你后天就订下终身。

生怕等下去，一切就都来不及了。

见过一些创业者，着急找团队，着急找资金，着急推广宣传，却很少把心思沉下来，花在产品细节的打磨和用户体验上，结果团队勉强拼凑起来，资金到位，却因为产品体验不过关，留不住用户，最多靠推广火一把，立刻就失败了。

见过一些奔30的女人，天天急得像热锅上的蚂蚁，着急把自己嫁出去，担心再老就没人要。结果她们匆匆找个人嫁了，过不了两年就闹着要离婚。

时代当然变了。今天的我们，不再需要花费漫长时日去等待一封信，等待一个人，只要打开微信、QQ，发出去几个字，立刻就能得到回应；想联系谁，只要按几个键，即使他在地球另一面，也可以立即说上话；想见谁，高铁，飞机，再远也不过数个小时的事。

但人与人之间的情谊并未改变，时间的流逝方式并未改变，四季并未改变，自然和人生的规律并未改变。

一个梦想，仍要浇灌心血和信念，付出努力，才能变成现实。

一段感情，仍要花费时间和精力，用心经营，才能日渐深厚。

好比等待一棵树的成长。你不能越过种子发芽这一步，也不能越过它每一步的成长，所有树的种子，都必须经历时间、四季、阳光风雨，扛过每一次天灾人祸，才能长成参天大树。

等待的过程，很慎重，也很隆重。

曾有人做过一个很奇怪的社交App。功能虽然是社交，注册之后却不能和任何人交流，你只会得到一颗种子，并被告知：如果想要看到另一个人的资料，想认识对方，和对方说上话，必须要每天给种子施肥浇水，直到它发芽开花结果。

这样一个“反社交”的社交App，市场反响可想而知。没过多久，因为下载量实在少得可怜，开发团队就停止更新了。但是，当团队日后做出另一款大受欢迎的App，再回过头来想要把原来的失败产品下架时，意外地发现这款早就停止更新的App里，居然还有6位用户。

这6位用户，仍然日复一日地为种子浇水施肥，等待着有一天在这个孤独的世界里结识另一个人。

团队里的所有人都为此感动不已。

创始人当即做出了一个决定：继续为服务器续费，只要这6位用户存在一天，他就会一直保留住这个App。

现在，这个App已经不能再下载和注册了，这6位用户成了最后的，也是仅存的用户，继续在这个虚拟的世界里坚持着、等待着。

这6个人的故事在网络世界里被传唱。

在一个没有耐性的世界里，异乎寻常的耐性成了传奇。

同事的妹妹，从小的梦想是去法国生活。但贫寒的家境让她连大学都读不起，比起天资平平的她，家人都把希望寄托在聪明的姐姐身上，拿出全部积蓄供姐姐读了重点大学，而她高中毕业就进了一家酒店当服务生。

因为工作勤奋，外形也不错，她很快升职当上了领班，薪水也翻了好几番。过了20岁，家人开始催她相亲，希望她早早嫁了，就不用这么辛苦。她不肯，为了反抗父母，不惜辞职去了另一座城市。

就这样，过了好几年，忽然传来她去法国进修的消息。

家人都惊呆了，担心她是不是被骗了，细问才知道，原来她这么多年来，一直在利用少得可怜的业余时间自学法语，一点点存着钱，考TEF（法语水平考试，Test d'Evaluation de Francais，简称TEF)，申请大学，办签证，默默做着一切准备。

一点一滴的努力，漫长的等待，终于换来梦想中的未来。

家人问她去法国后学费和生活费怎么解决，她说，有存款，有奖学金，有手有脚可以打工，总会有办法的。

是的，我们都相信这个耐心踏实从不放弃希望和努力的姑娘，总会有办法的。

三毛说，生活是一种缓缓如夏日流水般的前进，我们不要焦急，我们30岁的时候，不应该去急50岁的事情，我们生的时候，不必去期望死的来临，这一切，总会来的。

用心浇灌一颗种子，它总会发芽。

静静注视一朵花的开放，它总会开放。

耐心等待一个梦想的绽放，它总会绽放。

何必着急？

时日且长，日头每日升起又落下，落下又再升起。我们何不耐心等待，就像盛装打扮，走很长的路，去等待一场日出或日落。

反正它总会到来。

一切都可以来得慢一点，只要它是真的。

谁的青春不迷茫

“这日子过不下去了！”

你昨天约我去喝酒，特意避开了南锣鼓巷密密麻麻得让人胆寒的人群，选了一街之隔的北锣鼓巷一家坐落在四合院深处的清清静静的酒吧。

幽蓝的灯光照在你描了蓝色眼影的美丽眼睛上，你一口灌下杯中的莫吉托，恨恨地抛下这句话，掷地有声。

亲爱的，我很想提醒你，我已经不是第一次听你说这句话了。

也很想提醒你，没有人像你这样喝莫吉托。

莫吉托的薄荷气息，沁人心脾，静静闻着、慢慢品着最好，猛灌一气，只会让它变得苦涩呛喉。

这种感觉像什么呢，哦，对了，很像你口中这些“过不下去的日子”。

在旁人看来，你的日子过得不能再好了。

你年轻，漂亮，身材娇小，气质可爱，在电视台工作，体面，高薪，每天可以睡到中午起床，然后打车去上班。没错，你在这座人人抱怨拥堵的城市里，几乎从未坐过公交车和地铁，也没有经历过上班族谈之色变的早高峰晚高峰。

你有一个高大帅气的男友，他是个画家，当然不是怀才不遇的穷画家，而是经常举办个人画展的小有名气年轻有为的画家。他的作品一画出来，立刻就有画商买走。你们目前正在甜蜜的同居中，他大部分时间都在工作室作画，偶尔被你拉出来和朋友小聚，看得出来他是个沉默不善言辞的人，但他望着你时，眼神却相当温柔。

这样的日子，你还说过不下去，不知情的人或许会说你矫情吧。

只有我明白，你迷茫不知所措，既没有过着梦想中的生活，也没有活出理想中的自己，不怪你时常把那句“日子过不下去”挂在嘴边。

不知情的人并不知道，你那份体面高薪的电视台工作是你老爸的杰作，他要求你乖乖待在他的羽翼下，不允许你长出自己的翅膀，去外面吹风淋雨。所以你的工作清闲轻松，毫无挑战性和晋升空间，几乎让你忘了你自己少女时期的梦想是拥有一份在世界各地飞来飞去，可以接触无数超模大明星，可以呼风唤雨叱咤风云的工作。

他们也不知道，你那位人见人爱的男朋友，是个坚定的不婚主义者。刚开始交往时，他就对你坦承了这一点，你却因为太爱他，打算装作不在乎，只在心底偷偷藏了一丝见不得人的希望：也许你能像电影《其实他没那么喜欢你》中的安妮斯顿饰演的那个女孩一样，和不想结婚的男友交往7年，最终成功改变他的想法呢。

如今，3年过去了，你开始觉得，你的希望太渺茫。因为你看到他毫不迷茫，没有一丝痛苦和犹豫，早早地为独身的晚年准备着一切必需品：健康的身体、足够的金钱、热爱的工作，以及一个永远不逼他结婚的女友。

你只是你老爸和你男友的必需品之一。

有时你自嘲，假如用一个和你长得一模一样的人偶替换掉有血有肉的你，他们大概也会欣然接受。

你当然也想反抗老爸，可是，他身体不好，你不忍心违背他，你怕他生气，怕他用爱要挟你，而你知道自己肯定立刻就会束手就擒。

你当然也想过离开男友，你的梦想明明是成为谁的娇妻，成为谁的可爱妈咪，一家三口，温暖甜蜜，可你真的爱他，爱得不得了，他几乎是你的全世界啊，你怎么舍得放手离开。

所以，除了找我喝酒发泄，你还能怎么办呢？

我亲爱的朋友，不知你还记不记得，从前的你。

我记得很清楚，你第一次离开家在异地上大学，住进寝室的第一晚，在关了灯的漆黑寝室，你蜷缩在床上瑟瑟发抖，泪水浸湿了被角也不吭一声。

那个时候，你是一个怕黑的孩子。

对了，你那时还怕打雷。

世界好大啊，你试探着迈出一步，又吓得缩回半步，但你终究还是走出去了。

大一过完，你已经敢半夜摸黑起来上厕所，敢在打雷的天气里走到阳台上看雨。你开始自学设计，去画室学素描，去道馆学跆拳道，甚至开始参与竞选班长和学生会干部。

精彩纷呈的生活在你眼前渐次打开，你欣喜得忘了去害怕。

大二，你如愿当上了班长，拿到了奖学金，当上了校报的记者，素描成为纯粹的爱好，跆拳道也终于摆脱菜鸟的白带级别。

大三，你开始去当地最大的传媒公司实习，开始接触到不少娱乐圈的人，然后，你还交了男友，有时会像个不乖的孩子一样夜不归宿。

大四，你和他分了手，却得到了传媒公司的一个职位，能够直接对接各类明星，你说，喜忧参半，也算扯平了。

然后，就没有然后了。

你回了你老爸所在的城市，在遍布你老爸关系网的电视台混吃等死。

那个精彩纷呈的世界还在开启，却忽然被生生按下了停止键。你身上刚要迸出的光芒一下子熄灭得干干净净。

当我提起这些时，你沉默了。

你都记得，对不对？那种看到世界丰富的层次，看到自己身上越来越多可能性的惊喜感觉，仍然鲜明地留在你的身体里，对不对？

你问我，你的人生怎么变成了现在这样。

亲爱的朋友，如果你愿意抬起头看一看你身边的人，看一看她们的人生，你就会知道，其实大家都一样。

你的同事，已经跳了三次槽，好不容易找到的工作，仍然不是自己想要的，却不敢再轻易辞职，她数着手中的薪资，想着渐长的年纪，觉得自己的未来真是暗淡无望。

你的高中同学，和你一起毕业，坚持复读了两年才考上理想的大学，结果刚读了一年，就觉得自己选错了学校，还念了一个毫无前途的专业，索性自暴自弃，过了几年无所事事的大学生活，临到毕业才着急找工作，可想而知，她能找到什么样的工作。现在，她经常做的事就是在微博上吐槽上司，吐槽生活，吐槽一切，吐槽吐得风生水起，日子却卡在原地。

我们共同的朋友，小C，看着也是工作顺利，爱情甜蜜，可你何曾知道她从大三开始实习，花两年时间才转正的那份记者工作，如今遭逢人事倾轧、行业潜规则，早已耗尽了她正直的想要为普通人代言的梦想和热情，而那段从大学开始的甜蜜恋情，也因现实僵硬而走到了崩溃边缘。旧路已失，新的路却不知在何方。

或者，你再抬眼看一看坐在你四周的男男女女，他们一个个西装革履，裙裾飘扬，端着晶莹的高脚杯，手指间燃着细长的烟，看起来精致而潇洒。但你知道，酒吧里从来就不缺买醉的人、忧伤的面孔、落寞的眼神，以及一颗颗装满烦恼的心，就像你一样。

……

你看，大家都是一样啊。

做着不喜欢的工作，过着不想要的生活，爱着不能爱的人，觉得世界灰暗，人生无望，迷茫于未来走向何处，想着走向何处才有希望，走到哪里才是尽头。

可是你有没有想过，迷茫本就是青春该有的样子？

没有人可以生下来就找到自己该走的路，一往无前，至死方休，大多数人都是要跌跌撞撞，摔过跟头，愈合伤口，才能拥有笔直的目光。

而20多岁的人生里，谁都是不上不下地卡在原地，以为四面八方都没有一条可以走的路。

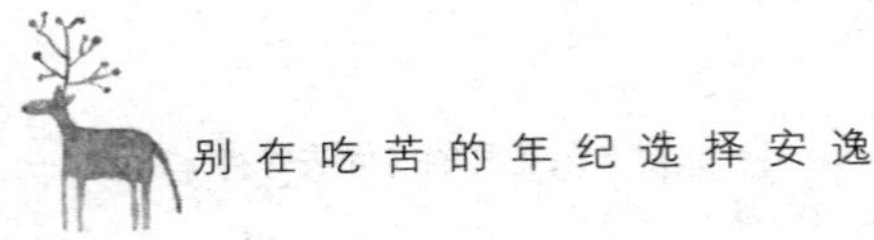

有时候你想，人生是不是就这样了。

但是岁月终有一日会告诉你，人生不会只是这样。

在大理，我曾经遇见一个女人。她30多岁，容貌不显年轻，却别有一种风情和韵味，像岁月酿就的酒，味道都藏在深处。她和外籍丈夫一起在那里开了好几家店，大家都叫她老板娘，我也跟着这么叫。在深夜的酒吧，她点上一根烟，聊起自己的过去，轻描淡写，我却听得惊心动魄。

在她年幼时，父母离婚，父亲再婚，母亲改嫁，她跟了母亲，却和那个脾气暴躁的继父相处不好，弟弟出生后，她在那个家中更无处立足，结果被母亲送到寄宿学校，从此回家的日子屈指可数。没有人照顾她，没有人挂念她，她只好将所有的时间都用来拼命读书，只是为了考上大学，彻底离开那个家。

上大学后，她一次都没有回去过，独自在外打拼。在20出头的年纪，她结过一次婚，和大学的学长。几年后，学长开公司，为了支持他，她将自己工作以来存下的钱全都押进去，谁知公司没开成，学长却被合伙人骗走了所有钱，而她收到的却是一纸写着她名字的欠条和一张离婚协议书。

关键时刻只顾自己的男人，将她背叛得彻彻底底。

还完债的那一天，她离开了那座城市，一无所有来到大理，从摆地摊重新开始，直到开了第一家店，直到遇见现在的外籍老公。

“我现在，过得很好。”最后，她这样说。

我当然相信她过得很好。

只是不知道在全世界都抛下她的时刻，她是否觉得人生根本就是这么绝望，是否怀疑过她的青春到底有什么意义。

不知道她一个人是怎么撑过那些最寒冷的时光，又是怎么从迷茫里重新找到出发的方向。

我的朋友，我有时想，我们的30多岁是什么样子，是不是也会像这个女人一样，容纳了一切，生命逐渐变得像一坛酒，浓郁香醇，却也有凛冽风味。

我并不能越过时光和流年，去到未来，指着你那已经变得成熟、智慧、风情万种的人生，然后告诉你，你看，我说过的。

我只能和你一起去相信，我们终将经历一切，而那些经历过的事，好的，不好的，都会发生化学反应，让我们变成另一个自己。

你说现在的你连动弹的勇气都没有。那又怎样呢？勇气也可以深藏内心。只要你念念不忘，终会有回响。

虽然，你知道眼下的日子不好过。

但至少你还没有认命。

束手无策，那就继续无策。万分痛苦，那就继续痛苦。茫然无措，那就继续茫然。

要更用力地活着。

要去相信，终有一天，这铁板一块的日子会出现裂缝，会透进光。

慢下来的时光

读苏静主编的《知日》系列，读到一个可爱的故事：

日本职业拳击界有一位名叫高岛龙弘的拳击手，他在高中时期，就已经获得大阪职业拳击比赛的冠军，被媒体称为“拳击少年”，小小年纪十分厉害。

但是，在成名之前，龙弘其实有过一段奇遇。甚至可以说，正是这段奇遇，成就了日后的职业拳击少年。

13岁那一年，他曾经离家出走。

出走的理由，是因为压力太大。当时，他在家里五个兄弟中排行老三，因为父亲在他上小学的时候就去世了，龙弘从小就肩负着照顾两个弟弟和练习拳击的重任。到了13岁，他终于因为家庭和练拳的双重压力，穿着制服就离家出走了。

漫无目的地在外游荡着，当他走到隅田川大堤的时候，已经身无分文，肚子也饿得厉害，但他实在不想就这样回家，一想到回家之后需要面对的一切，他就觉得，还不如饿肚子更好。

他在游荡中，遇见一位50岁左右的流浪汉大叔，于是龙弘央求大叔收留他。大叔虽然对突然出现在面前的少年感到吃惊，但也很爽快地同意了。

从此，龙弘开始了流浪汉的生活。

白天，他和大叔一起去便利店乞讨过期的便当，晚上就在大叔的帐篷中裹着毯子睡觉，没有心情外出的时候，一老一少也会在一起聊聊天，但龙弘从来没问过大叔为什么会沦为流浪汉，而大叔也没问过龙弘为什么离家出走。

两个人默契地一起生活了大半年，其乐融融。

直到有一天，大叔突然平静地对龙弘说：“是时候回家了吧，家人和朋友在担心你呢。”

听到大叔这么说，龙弘才忽然记起家中的弟弟和一起练拳的伙伴，他惊讶地发现，当初离家出走时的绝望不知什么时候消失了。如今他回想起过去的生活，只剩怀念和眷恋。

他想，是时候回家面对一切，重新振作起来了。

后来高岛龙弘在大阪的职业拳击比赛中获得冠军，在接受采访时，他特意感谢了当初帮助过他的流浪汉大叔。

只是那位大叔那时已经搬离隅田川，不知道又流浪到哪里去了。

当流浪汉的体验，什么也不做，什么也不追求的时光，净化了拳击少年的心灵，给了他重新振作的力量。这听起来像是日式小清新励志电影才会有的桥段。

但我相信这是真的。

龙弘也好，我们也好，谁都是铆足了劲走在人生路上，一刻不敢懈怠，只因为父母和社会说，时间就是金钱，要努力，要进取，要比别人更好、更快、更厉害，就必须付出比别人更多的辛苦和磨难。

但其实，我们都害怕承认这一点：我们只不过是害怕被落下，被嘲笑，被蔑视，才不肯安逸，甘愿吃苦受难，让自己拼了命地往前跑。

但是，人生有时像一根绷紧的弦，绷久了，会断。

电影《丈夫得了抑郁症》里，堺雅人饰演的丈夫脑中那根弦，就崩断得悄无声息。

他每天睡不着觉，也没有食欲，却仍然准时起床准备早餐和便当，准时出门上班。结果，他并没有去上班，只是坐在公园长椅上长久地发呆。他想，不行啊，我必须振作啊，努力啊。但他仍然只是呆坐在那里，无法振作，也无法努力。

那根弦断了，就再也振作不起来了。

后来他终于去看了医生，然后辞职在家养病。他的妻子小晴并不是坚强的妻子，她没有在丈夫得病后痛苦万分，然后逼自己全力撑起这个家，也没有受再多苦累也不说怨言——这不是一部苦情的励志电影。

小晴只是在丈夫得了抑郁症后，在日记本上写下一句话：我才不努力呢。

她只是微笑着告诉丈夫，没关系，不努力也可以。

如果痛苦的话，就别努力了，保持平常心就可以了。

平常心有多难得呢？

或许你需要亲自去体验流浪汉的生活才能明白，或许你需要得一次抑郁症才能理解，又或许，你只需要慢下来，在生活里领悟。

上一份工作，我做得相当吃力，并不是不能胜任，而是，在无限度的对自我的高要求里，我开始吃不消了。

我常常为了一个项目熬夜攻关，为了上司一通责难就彻夜难眠，压力大到胃溃疡。那时的我，不肯容忍自己工作上有一丁点失误，不能忍受被责骂，为了将一份项目计划书做到完美，为了得到上司的赞扬，永远都在牺牲吃饭和睡觉的时间。

脸色差，黑眼圈，偏头痛，经常上火、感冒，这些小毛病，我并没有放在心上，直到在某次项目会议上我胃痛到说不出话来。

从那以后，我就常常胃痛，但那一阵子恰好是我负责的项目提交策划案和计划书的关键时期，我实在没时间去医院，于是去药店买了一盒胃药，痛的时候就吃几颗，勉强撑着继续工作。

策划案通过后，部门聚餐庆祝，吃饭吃到一半，我捂着胃，疼得冷汗直冒，被同事逼着去了医院。

医生说是消化性胃溃疡。我再也不敢死撑，终于辞职回了家。

辞职后回了家，我就彻底屏蔽与工作有关的人和事。

早上睡到自然醒，慢腾腾洗漱，泡上一杯蜂蜜水，坐在餐桌前一口一口地抿。下午花五个小时，用文火炖一盅汤。黄昏去公园散步，和小孩子玩。夜里窝在床上看一部电影，读一本书。

无所事事的两个月。两个月后，妈妈说，太好了，气色比刚回来那会儿好多了。

我对自己说，太好了，自救成功。

在家无所事事的两个月里，我并未明白多么深刻的道理，只是终于意识到，我并不是因为换了一个地方，换了一种生活，所以得到了滋养，滋养我的这一切：喝一口蜂蜜茶，炖一盅汤，散一场步，这些原本就是生活的一部分。

而我此前以为，为了成功，为了完美，就必须努力到牺牲生活，牺牲内心从容的地步。后来才知道，这种缺乏效率的努力，只是用来感动自己的工具。

记得读高三时，身边的人都努力备战高考，我也在一次高考动员大会之后，被打了满腔鸡血，暗暗对自己发誓，除了吃饭睡觉，一定要把全部时间用来学习。

印象中，我那时似乎强迫自己坚持了两天，结果把心情弄得相当糟糕，学习也完全集中不了精力。

自此以后，我彻底醒悟，除了每天固定的上课时间，以及晚上两个小时固定的学习时间，绝不给自己增加额外负担，周末的电视节目绝不错过，也一定会和朋友出去玩。

最后高考，我考了全校第一名。

这当然不是值得骄傲的事，我所在的高中只是一般的学校，水平不高，但我的确是轻轻松松考了第一，而且甩开第二名好几十分。

我并没有比任何人更聪明，更努力，而仅仅是比他们多了一份从容，多了一点平常心。所以，你会看到，我的每一分努力都有收获。

我相信那位拳击少年在漫长的、无所事事的流浪汉生涯里，在换了一个身份生活后，终于找到了内心的平衡。

再坏的状况，也不过如此了。而他在这种最坏的状态里，过得还不错。

既然如此，那还有什么好怕的？

抛开一切的结果是：终于有力量重新拾起一切。

而得了抑郁症的丈夫，如果没有始终保持平常心、始终向他微笑，告诉他不努力也没关系的妻子，如果他的妻子嫌弃他得了病，责怪他丢了工作，甚至以为是他不努力配合病才迟迟不好，那他大概也很难痊愈。

人生真的不只有一条狭窄的路可走，这世间也并非只有一种成功的方式，并非成功就能拥有一切，失败就会失去一切。

是谁说过，我们生来普通。拔尖的人永远只是极少数，大多数人都只是普普通通地度过一生。所以，不要用成功的压力把自己逼迫得无路可走，不要逼迫自己热爱生活。在有限的时间和精力里，给自己一点慢下来的时光。

你并不需要用艰苦的努力去感动别人，感动岁月。

你只需要按照自己的方式和节奏好好生活，就已足够。

不随波逐流就好

原来同在一个编辑部的同事出书了，我打电话向他表示祝贺。他在电话那头说："你看，我本来想给大家一个惊喜——给你们每个人都寄一本，我想等大家收到书，'啊'的一声尖叫，然后给我打电话，像个小女孩那样表达惊喜之情……但是，我决定不再等待这个效果的最终出现。"

我不解："为什么？"

"因为我发现，所有的梦想，到实现的时候，都要大打折扣。"

这本书他盼着出版盼了几近一年，但是真的上市了，他走进图书大厦，看着书摆在架上，竟只有麻木。

他的话让我一直不知该如何应答。的确，梦想实现的时候有时并不总有鲜花掌声，那种时刻到来的时候，就像线香燃尽，繁花落地，有点美，有点安静，也有点伤感。

大学室友家里有个小妹，成绩特别好，可是为了给父母减轻负担，自己选择了辍学。某个午后，室友看见小妹在熟睡中抱着课本，眼角泪水如珠。在那一刻，她难过得无法自已。她说，自己一直以为小妹是不愿意上学了，还责怪过小妹，那时才知道，这都是痛彻心扉的假象啊……

我有一个朋友叫阿迷，他是阿根廷的球迷。他说，2002年他与女友分手后，每晚都会在梦中哭醒，现在有新女朋友了，频率没那么高了，不过每隔一两个月，还是会哭醒一次。

问他当初为何分手呢？他说不知道，说不清楚。

又问他当年你女朋友也很爱你吧？他说是的，不过，现在她已嫁做人妇，杳无音信了。

友人嫁了一个美国富人，移民定居，住在带花园的大房子里，过着富太太的生活。有一天我接到她的越洋电话，一看表，那是美国时间的半夜。她说自己总能想起当年在学校里谈的一个男生。“对不起，我结婚了不该想这些……可是，在那个时候，那男人是真心喜欢我。那是最好最好的男人。因为那时候我们除了年轻，什么都没有，他除了爱我的心，还爱我什么呢？你当年跟我说，我的心也并没什么可爱的。当我想起这句话时，唯独会想起他。”

我知道这个故事。当年那男生是年级里有名的才子，我知道他很喜欢我的朋友，朋友也喜欢他。可是，当年的友人说，他那么穷，那么没有前途，我不敢嫁给他。于是朋友一次次地伤害他，并更加深重地伤害自己。最后，她无法再面对这样的折磨，也无法再面对自己的错误，终于删除了与他有关的一切。

电话那头她说：“我梦到他了，只是一个模模糊糊的影子——我已经淡忘了他的样子。”

纵使相逢应不识了。

我想起茨威格的《一个陌生女人的来信》的最后一段："他的目光忽然落到他面前书桌上的那只蓝花瓶上。瓶里是空的，这些年来第一次在他生日这一天花瓶是空的，没有插花。他悚然一惊：仿佛觉得有一扇看不见的门突然被打开了，阴冷的穿堂风从另外一个世界吹进了他寂静的房间。他感觉到死亡，感觉到不朽的爱情：百感千愁一时涌上他的心头，他隐约想起了那个看不见的女人，她飘浮不定，然而热烈奔放，犹如远方传来的一阵乐声。"

当看到这里，文学大师高尔基说他"不顾羞耻地号啕大哭"；而最初的最初，我也满眼模糊。这世界上充满着"那个看不见的女人"，她们的爱情真挚而悲怆。她们是常败的恋人，伤痕累累，并且无人知晓。

前几天参加编辑部的联欢会，有几个女孩唱刘若英的《后来》。她们唱：而又是为什么，人年少时，一定要让深爱的人受伤？我想起了友人和那个她已经淡忘了样子的男生。我惘然地微笑，在那样热闹的气氛里，在那几个不谙世事、年轻得一塌糊涂的女孩的没心没肺的歌声里。

而又是为什么，人年少时，一定要让深爱的人受伤？因为苍老的上帝嫉妒年轻人的青春，所以不肯赐予他完美的幸福吧。权且把这个作为答案，因为追究答案已经没有意义了。只希望她能过得幸福，相信她终于找到了自己的幸福，不枉当年他们所受到的心灵的苦楚。

我们都在等待春天。电话里，出书的同事在跟我抱怨出版社的效率："本来计划在几个月前就要出版的，可是一直等到现

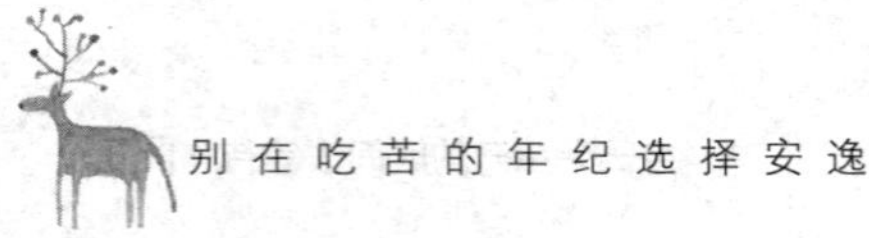

在。在我最嗷嗷待哺的时刻，他们将美餐高悬于头顶，看得见，闻得着，可就是不能果腹充饥。现在饿过了，纵是山珍海味，也没有感觉了，没有用了。”

我又想起余华刚出道时，编辑动辄就将他的文章改得面目全非，他急于发表，敢怒而不敢言，甚至让他重写他都不能说什么。后来成名了，编辑想改动一个字，都要打电话跟他商量。我安慰那个同事，说：“你总有一天也能做到的，到时候你就坚决不让改动，连标点符号都不让改，连错别字都不让改。”

可是现在，我们仍需要默默地“忍冬”，等待春天。

我有时会问自己：为什么渴求成名？为什么想要广为人知？当我不再年少痴狂，虚荣心慢慢消退，为何对转瞬即逝的“名”仍那么偏执？提供了一些答案，基本可以回答自己的问题，然而，并不完满。

有一年冬至，我与几个同学回学校附近的小吃街吃饺子。那是个简洁雅致的小餐馆，我们在一起回忆起很多人。比如，我们系的系花都不知道她花落谁家了。再如，我们年级的年级长也不知人在何处。又如，我们系最有才华的美女，我们班的某同学，前不久我见到了她的结婚照，物是人非，红颜迟暮。还如，曾经风靡一时的某某，全部消失在茫茫人海里，再难寻觅。

他们匆匆向前，为房子车子艰苦奋斗，歌乐山下的青葱四载，很少在脑海里浮现了吧？想到这里，我似乎在突然之间，找到了自己的追求的隐秘动机：我要努力，成为众人瞩目的标杆，用我的文字，将一世的聚散铭刻在时光的躯体上，以这种方式，挽留住那些无可挽回的人，离我而去的人，匆匆向前的人。

我希望有一天，无论梦想是否已经被时间的洪流席卷而去，我都能在这里，一直在这里，永远不离开。

人生最好是一个过程

认识两位做设计的朋友，一男一女。男设计师是典型的双子男，嘻嘻哈哈，思维跳跃得很，做出来的设计作品才情满分，用他的话来说，叫有“feel”。可是，面对客户的意见或刁难，他总是最先发火的那一个。

“他们懂什么呀？”

“凭什么说我的设计不好？”

“那些人根本不知道什么才是牛的设计！”

……

诸如此类的抱怨。

所以他的上司从来不让他和客户直接对接，怕他一激动就把客户给得罪了。

女设计师和他正相反，她不仅不讨厌客户提意见，甚至还很喜欢主动和客户沟通交流，设计做出来，耐心地一遍遍改，从无怨言。

我问过她：“别的设计师都很看重自己的作品，会有骄傲、坚持，你怎么不这样？”

她一脸坦然地说：“因为我想要的东西和他们不同。”

后来，她升职了，成了设计总监。

那时我才明白她想要的是什么。

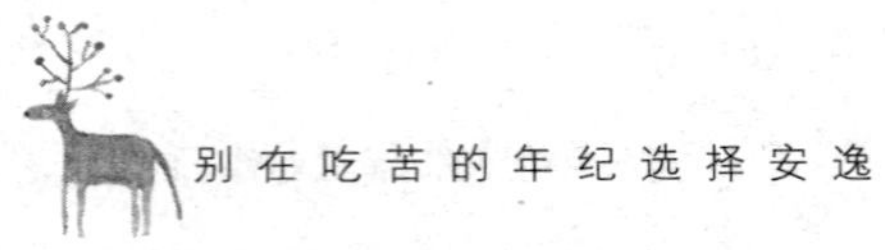

而那位总对客户发火的男设计师，仍然留在原来的职位上，但他设计出来的作品得了大奖，指名找他的大客户多了，报酬也跟着水涨船高。

女设计总监说她还有更大的目标：成为公司高层，在更大的天地里施展拳脚。而那位不肯妥协的男设计师也计划着将来自己独立出去，开一间设计工作室，他说，到时候只做好案子，绝对不给一群什么也不懂还喜欢指手画脚的人提供服务。

看着他们二人，你会发现你无从去比较谁更成功，也没有办法预料谁的前途更辉煌。

你会发现世俗的比较是无意义的事。

因为，你看到他们个性鲜明，目标明确，一心一意做自己想做、也适合自己做的事，无论结果如何，你都会忍不住为他们叫好。

去年参加高中同学会，我发现从前那些成绩很好的“优等生”都走上了相似的人生轨迹：在很好的大学念书，一些人继续在更好的大学读研究生，或者出国留学，另一些人则找到不错的工作，成为大城市里标准而体面的白领或金领。

这样当然很好，但相似的故事听多了，不免觉得乏味。反而是过去那些学习不好的“坏学生”，各自的经历五花八门，有趣得多。

有的人念了一所三流大学，在大学期间开始开店创业，到毕业时，已积累了人生第一桶金，索性连学位都懒得混了，直接肄业，全心全意投身商界；有的人连大学都没上，没找到好工作，起初只是想赚点零花钱，在朋友间做代购，居然做出了口碑，如今已开了第一家外贸店；有的人打网游打得炉火纯青，成了职业玩家；还有的人热衷旅游，一开始打算当导游，结果偶然的机会加入了一个旅游评测软件的创业团队，负责内容运营，做得相当出色。

每个人都活出了不一样的风景，这样多好。

看一看四周，人们都走着差不多的路，读书，工作，努力从一枚职场菜鸟逐渐变得独当一面，游刃有余。

但逐渐地，我们都会走上不同的岔路。有的人奔着赚钱的路狂奔，梦想着有一天叱咤风云，改变世界，有的人只想在一方小小天地里做到极致；有的人为工作砍掉多余的生活，有的人放弃体面虚荣，沉下心来经营自己；有的人在人群里如鱼得水，靠一张嘴就可以翻云覆雨，有的人则愿意退守自我，在静默里完成自己的人生作品……

那么多种方式，每一种都有它不可替代的精彩。

关键是，要看见那种方式，看见那条路，然后迈步走过去。

朋友的姐姐，有模特身高，标准身材，但一直是个大大咧咧的姑娘，从小就有人说她适合当模特，她却完全不感兴趣，只喜欢打篮球，每天穿着篮球短裤在男生堆里玩得满身臭汗。

读高中时，朋友和姐姐出去逛街，恰好遇见在杂志社工作的叔叔。那天，叔叔在外面为模特拍外景，正好原本预订的读者模特没来，叔叔看到姐姐，眼前一亮，立刻将她拉过来，让造型师化妆师为她打扮。

姐姐急了，拼命推脱，她从来没有做过模特，绝对不行，不可能的。

叔叔不耐烦地说："你就站在专业模特身边微笑就可以了，大家都知道你是业余的。"

"没关系，交给我们吧，一定把你打扮得漂漂亮亮，和模特比起来也不逊色。"化妆师是个女生，笑得甜甜的，手上的动作却利落得很。

朋友说，姐姐几乎是闭着眼睛任由摆布。换好衣服做好造型化好妆，姐姐惊呆了。镜子里那个长发微卷，甜美可爱的女孩子是谁？

一脸恍惚地拍照，被叔叔骂了好几次，说她动作和笑容太僵硬。

后来姐姐买回那一期杂志，左看右看，觉得很神奇，怎么看照片里的她和现实中的自己都不是同一个人啊。

朋友见她抱着杂志着了迷，问她："姐，你是不是觉得当模特很不错？"

她不说好，也不说不好，只是仍旧抱着杂志入迷地看。

那阵子，家人甚至开始动真格地商量起了要不要支持她当模特的事，但又觉得她只是被一时的虚荣心所迷惑，也担心她的性格和气质并不适合当模特。

终于等到她开口，出乎所有人意料，她问父母能不能同意她不上大学，她想读造型和化妆的专门学校，以后当一名化妆师。

朋友说，当时姐姐一脸严肃到可怕的表情，由不得父母不点头。

现在，姐姐已经成为好几位名人的专属化妆师。跟着名人去摄影棚时，身材高挑的她经常被人问是不是模特，她总是微笑，略带骄傲地回答："不，我是化妆师。"

模特这份职业当然比化妆师看起来更光鲜，但假若空有模特的壳，无一颗模特的心，她又何必勉强自己成为另一个自己？

有人说，怎样去活，其实是没有答案的。

我深以为然。

没有答案，是因为我们都只能一直走在寻找答案的路上。

人生为何要成为一场比较，比谁赚得更多，谁的职位更高，谁得到的名利更大，为何一定要向着一个辉煌的终点进发？

人生最好是一个过程，一个寻找答案、慢慢做回自己的过程。

一位同事，生性散漫，非常讨厌朝九晚五的生活，辞职的想法在她脑子里过了很多次，她终于还是不敢。

我有一次去她住的地方，特别吃惊。她房间里几乎整面墙都贴着乐队的海报，书架上则塞满了CD，有些甚至是很稀有的版本。她不好意思地告诉我，她是个音乐发烧友，读大学时还参加过音乐选秀节目，可惜在预选赛就被刷下来了，一直以来她的梦想是抱一把吉他走天涯，走到哪儿唱到哪儿。

“很理想化吧？”她苦笑，“我自己也知道。”

事实是，她担心自己以唱歌为职业，会活不下去，失败的话，会让最爱的父母对她失望。但眼下朝九晚五的上班族生活，她又真的很讨厌，害怕自己这样下去，会对现实妥协，埋葬自己的梦想。

这听起来是个相当两难的选择，却让我想起以前听来的一个故事。

有一个非常喜欢音乐的男孩，从小开始学钢琴，最擅长弹肖邦，梦想是将来开一场自己的独奏音乐会。可惜他是家中独子，

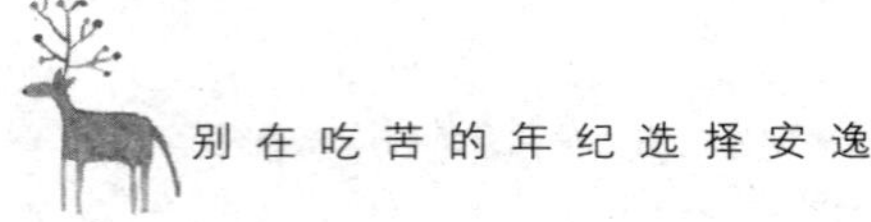

父亲经营的公司，他是唯一的继承人，念大学时，他遵从父亲的意愿读了商科。

父亲去世时，将公司托付给他。他很想将公司托付给别人，去学自己喜欢的钢琴，但几百号人的生计握在他手中，他实在不放心将父亲一生的心血交给别人，何况，他又并不缺乏经营的才能。思前想后，他终于痛下决心，接手了公司的管理。

事实证明，他的确很有经营才能，公司在他手里生机勃勃，生意扩大了好几倍。十几年后，他开了一家音乐剧院，专门邀请世界各地顶尖的乐团和音乐家来演出。

剧院的首场演出，他和世界顶尖的交响乐团合作了一首曲子，由他最崇拜的大师指挥，而他担纲钢琴独奏。在顶尖的乐团面前，他的演奏也毫不逊色。

当然不会逊色。要知道，这么多年来，无论多忙，他从来都没有放弃过练习。

演奏完毕，他在雷鸣般的掌声中哭了。他终于实现了梦想，绕了这么大的弯，等待了这么久，但到底还是实现了。

我很想告诉那位同事：如果把理想中的你和现实中的你看成“非此即彼”的存在，那么，它们之间真的会演变出一场“不是你死就是我亡”、两败俱伤的角斗。

而心怀理想，努力沉入现实最深处，你会找到一千条可以走的路。

我们都要花很长的时间，走很远的路，才能最终成为自己。

但只要我们愿意相信，那么总有一天，我们都会做回自己。

领受命运的百般滋味

记得有人说，一个人对待爱情的态度，对待诗的态度，对待音乐的态度，就是他对待人生的态度。

我深以为然。

如果说爱情里从一而终是美德，那么人们的确不该谈这么多场恋爱，结婚又离婚，可是，一眼相中便可携手白头的故事，可以憧憬向往，却不可强求。好比人生，谁不是在犯过错后才知道去做对的事？谁不是在受过伤后才变得坚强，在失败、放弃许多次之后才找得到前行方向？

错误，于爱情，于人生，都是必经之路。

不是谁都能够勇敢地去犯错，所以，对那些勇敢无畏追求自己所想所爱的女子，我只能点赞、仰视。

没有错过，何来最终的深爱。

谁都期盼人生有一个细水长流的结局。只是，很多人都忘了，在细水长流之前，要把风景看透。

爱情如此，人生也是如此。网上曾有人问，两个人一个在北京一个在丽江，一个年薪十万买不起房，朝九晚五，每天挤公交地铁，呼吸汽车尾气，挤破脑袋想出人头地；一个无固定收入，住在湖边一个破旧四合院，每天睡到自然醒，以摄影为生，没事就喝茶晒太阳，看雪山浮云。一个说对方不求上进，一个说对方不懂生活。两种生活方式，你怎么选？

自然是众说纷纭。

有人说年轻人还是应该去大城市闯荡，有人说自己身在大城市，却觉得闯荡来闯荡去无非平庸到老，因此对后一种生活方式羡慕得要命，有人则异想天开，说如果北京的收入机遇和丽江的环境兼得就好了。

有人则说的无比狠绝：等几十年后，看着这俩人一个儿孙绕膝，领着养老金享受医保在舒适的房子吹空调；一个三餐不继，衣不蔽体，浑身病痛地流浪到死，你们就知道哪种生活方式更好了。

这自然是戏言，但假如你既想要出人头地的未来，又想要安逸闲适的生活，世间恐怕没有这么便利的选项。

不同的生活方式，并无优劣，纯粹只是个人的选择。关键是，要安于自己的选择。选了眼前的这一种，就不要艳羡那些生活在别处的人。

忙碌辛苦的日子并不如你想的那样糟糕，熬夜熬出一个漂亮的方案，赢过大公司、拼下比稿的时候，升职加薪的时候，能力被认可，在合适的位置上施展才华的时候，难道你不会充满成就感和满足感？

闲适的生活也并不如你想象中理想，破旧四合院夏天蚊子肆虐，冬天四面漏风，收入不稳定，未来一片迷茫，在羡慕之前，不妨问问自己，你真的能够在年纪轻轻的时候忍受这一切，真的能够在不知前路如何的情况下拥有喝茶晒太阳，看雪山浮云的逍遥心境？

如果你能够做到，那也不失为一个幸福之人。

如果你还不能做到，那就请拿出十二分的诚意，认认真真为自己和梦想打拼。

大学时期，乃至现在，家里的近邻远亲，总有一些比我年纪小的弟弟妹妹们在网上问我，怎么学习才能考高分，考上好大学？学什么专业比较好？大学要怎么度过，才能对将来有益？怎样找到高薪的、有前途的工作？

我不知道问这些问题的弟弟妹妹们，是心血来潮，随口一问，还是真的希望我能够给出标准的答案，好让他们一步一步照做。我只知道，他们并不是想知道学习方法与工作方法，而只是想听一听前辈的经验教训，好让自己少走弯路罢了。

问来问去，其实他们大概是想知道，怎样才能不需要拼命学习也能够考高分？如何能够在不必承担过分压力，不必太过努力的前提下拿到高薪？有没有一种生活是每天吃喝玩乐，然后还有时间给自己充电？有没有可能我什么都不做，听一听前辈的话，就能够坐在电脑前找到自己未来的方向？会不会我问更多的人，得到更多别人的答案，就能够知道我自己适合做什么样的工作，适合走一条什么样的人生路？

对此我每每感到悲哀，为什么他们要在人生最该挥霍放肆的青春年华里，谨小慎微得像一个老人？为什么他们在尚且一无所有的时候，就一副输不起的模样？为什么他们不明白这样一个简单的道理：出人头地的未来和安逸闲适的生活，好比鱼与熊掌，不可兼得。

从小到大，我的身边都没有比我大的哥哥姐姐，如今想来，这或许是一件幸事。因为没有榜样，没有指引，所以走过许多弯路，经受过许多失败，但所有的体验，都是我的亲身体验，所有的路，都是新的，都由我自己亲自走过，切身地知道对错好坏，所有的未来，都由自己开创——在这样莽撞无谋的路上，我才得以一点点看清了自己。

这世上并没有一条捷径，让你踏上去，就有光明未来。

不经历错的人，就遇不到对的人。

不曾跋涉过艰苦旅程，就看不到梦想对你绽放的甜美笑容。

不将命运的百般滋味一一领受遍了，你就不知道平淡是怎样的美妙滋味。

有时我们都像那个鱼和熊掌想要兼得的蠢笨之人，只看到万事万物的光鲜表象，妄想着一劳永逸。

但其实我们最需要的是踩在坚实大地上，埋头于眼前的琐碎苟且，心平气和地等待云开雾散后的未来。

睡醒后再重新开始

唐子淳，梦想的偏执狂，有洁癖的处女座。

3年前，我们在一次共同的朋友聚会上认识。一直以来，我们并没有太多的交集，但我总是能从朋友的闲谈与唏嘘中听到他“不疯魔，不成活”做摇滚的事迹。

“毁掉我们的不是我们所憎恨的东西，而恰恰是我们所热爱的东西。”这是尼尔·波兹曼说的一句经典名言。我觉得这句话放在唐子淳身上实在再贴切不过了。我们就是那样无能为力地看着他背着沉重的梦想，想要穿过云层冲向可以容纳一切的天空，却一寸寸向下坠落。

任何人都不知道坠落到深不见底的山谷后，他是会选择带着伤痕重新起飞，还是就此把梦想连同对生活的希望一并埋葬。

坐在咖啡馆里闲聊的时候，唐子淳永远是我们话题的中心。在这个黑夜被霓虹照亮的时代，梦想远比一杯咖啡要奢侈得多，也远比一杯咖啡更让人觉得矫情。

在平凡得如蚂蚁一样的我们看来，唐子淳是一只拼命想要逃出平凡围城的猛兽，让我们佩服的同时，也让我们觉得他不过是在做垂死的挣扎。而在他看来，我们坐在咖啡馆里无所事事地闲聊，不过是在等着死神前来报到。

梦想，把我们的距离隔开了好几道街。

但是，说不清是嫉妒，还是羡慕，我们看似漫不经心实则聚精会神地关注着他的每一次转弯，准备在他下坠时看他的笑话，或是在他起飞时举起手为他鼓掌。

唐子淳毕业于一家并不知名的音乐学院，毕业后他的大多半同学都走进中学校园，做了一名音乐教师，也有几个家境富裕的同学到国外知名音乐大学进修，只为混一个唬人的头衔。而他则带着摇滚至死的执着信念，千里迢迢来到北京，和几个意气相投的朋友组建了一支摇滚乐队。

那一支乐队，是他梦想的起点。当然，也可以说是他中毒的开端。

在那支乐队中，唐子淳做鼓手，并负责乐队原创作品的作词和谱曲。他们排练的地方就是他租住的地下室，见不到阳光和月光，看不到树梢和蜻蜓，也听不到雨声和风声。

唐子淳打鼓极其用力，手持鼓槌的地方，已经多次渗出血液。他只好贴上创可贴，忍着流血的疼痛，继续练习乐曲的拍

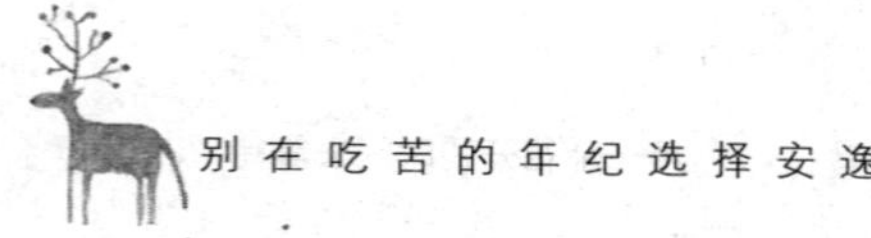

子，调整乐曲的节奏。鼓声、吉他声、贝斯声，以及主唱唱出的歌声，交织在一起，是一种掺杂着太多复杂情绪的呐喊。

没错，是呐喊，是对这个太苛刻的世界的呐喊，是对太疲惫的生命的呐喊，是对太强烈太顽固的梦想的呐喊。

一曲唱完，每个人都大汗淋漓，每个人都沉默得如同死去，每个人的眼睛里都有某种说不清道不明被压抑的液体。

乐队其他人走后，狭小的屋子里只剩他一人。已过深夜，他仍旧接着练鼓。隔壁有人愤怒地敲他的门，警告他不要再闹出动静，他只是机械地答应一声，随后又敲出旋律。一整夜过去，鼓面上已滴满血珠和汗珠。

既然选择了这样的道路，就只能硬着头皮走下去。他站在落了灰的镜子面前，仔细端详自己，脸上有疲惫，也有跃跃欲试。

他手握鼓槌倒在床上。就先这样睡去吧，睡醒后还有千万里泥泞的路要走。

唐子淳把录好的歌寄到多家唱片公司，过了1个多月仍没有收到任何回复。坐在主题餐厅里演出时，台下的人们只是大快朵颐地享受着晚餐，并没有人回过头对他来投以赞赏的一眼。多半时候，嘈杂的碰杯声，都会盖住奋力敲击的鼓声。

午夜散场，他通常没有进一点儿食。见到还未被服务生收拾的餐桌上仍留有吃剩的饭菜，他便默默地坐下吃起来。

他一边咽下凉却的残羹，一边咽下冒生出来的绝望。他并不懂，为什么坚持梦想的人，多半生活窘迫。而那些老老实实待在围墙里的人，却生活富足，健康长寿。

他的生活就像一间没有窗户的地下室，没有光线，密不透风。他每天所做的事情，就是作词谱曲，练习打鼓，录制歌曲寄给各个唱片公司，在主题餐厅演出。

唯一让他看起来与众不同的是，他心里始终升腾着梦想的热气。唐子淳并不知道尽头在哪里。或许，这条路从来就没有尽头。即使知道或许永远与梦想隔水相望，但他的字典里似乎没有收录“放弃”二字。日子难熬时，他顶多是一支接一支抽烟，以及蒙着被子在地下室里睡觉。

然后，睡醒后再重新开始。

在主题餐厅演出的那一段时间，他喜欢上了餐厅里一个相貌普通的服务生。当他把要追求那个女孩儿的消息告诉乐队里其他人时，他们都对其嗤之以鼻，说凭着唐子淳的帅气完全可以追求一个更好的女孩儿。

唐子淳给出的理由很简单：“我养不起更好的女孩儿。这个服务生在不忙的时候总会看我打鼓，也知道给我留一份没有动过的饭。”

乐队的哥们儿听到这话都沉默了。并不是所有人都能同时承担得起梦想和生活的重担。

唐子淳和那个服务生女孩儿在一起了。她没有宏大的梦想，只想把日子过好。她也并不知道自己真正想要什么，生活给予她什么，她就全盘接受。

即便是热恋的时候，唐子淳也很少腾出时间来陪她。她并不是不伤心，只是不忍责怪他。毕竟，在对她表白的时候，他已经说明他并没有多余的时间，也没有多余的钱。

他们的关系一直维持得很好，从未走得太近，对彼此的感觉

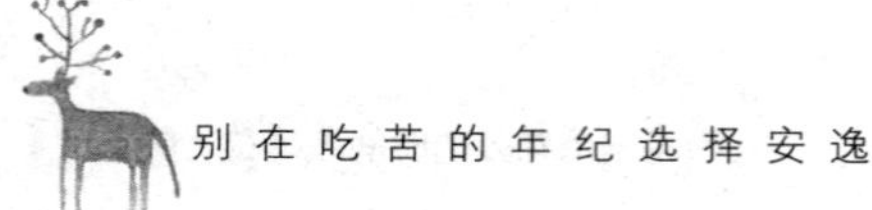

就保留着最初的印象。至于那些生活深处的难堪与阴暗，只有自己以及屋里的那面镜子知道。所以，他们都认为他们是最相爱的一对，也为从未吵过架而深感欣慰。

在3个月纪念日时，他因为录一首新歌忙碌到半夜。她拿着午夜场的打折电影票来地下室找他，他一脸迷茫，全然不知道她那一天为何那么热情。

在踌躇片刻之后，他最终还是拒绝了和她去看电影。他用轻柔的布擦拭鼓架与鼓槌，随后他让她坐下来听他打鼓。她把电影票放进包里，按照他的指示坐在床沿上。在澎湃激昂的鼓声中，她心如止水，她并不打算生气，也永不会把今天是什么日子告诉他。

他打得大汗淋漓时，她拧干泡在脸盆里的毛巾，为他擦汗，并用叠好的干布把鼓面上的汗珠也擦掉。

那一晚，她没有离开那间地下室，而是听他说了整晚的梦想。朋友们都说他想做第二个崔健，其实他并不想复制任何人。他只想在自己身上贴上摇滚的标签，做打鼓界的牛人唐子淳。

时间不等人，也不等梦想，一晃就是两年。两年的时间，唐子淳搬过一次家，但仍住在地下室。

他的乐队仍在各个餐厅演出，只有嘈杂的环境，没有忠实的听众。他依旧坚持给各家唱片公司寄歌曲小样，但都石沉大海。

两年的时间，他们都看到了社会给予的冷眼。因为看不到希望，主唱回到家乡继承了父亲的事业，贝斯手创办了一个贝斯补习班，吉他手在父母的安排下娶了只见过数次的女孩儿。

这个乐队还是解散了。在解散那一天，他们四个人去酒吧喝酒，一直喝到凌晨4点钟。从酒吧出来，正赶上下雨。那是唐子淳唯一没有练习打鼓的一夜。

第二天一大早，他把女朋友约到一家很小的奶茶店。店里只有工作人员在忙，他为女友点了一杯红豆热奶茶，自己则要了一杯清水。过了一会儿，他终于直截了当地提出分手的要求。他对她说，乐队已经解散，接下来的日子会更苦，时间也更少。在她没有厌倦，埋怨他之前，分开是最好的选择。

她试着挽留，而他已做出决定。他请她喝的唯一一杯红豆奶茶，她没有喝出一点儿味道。

在不知如何重新起飞的迷茫日子里，他回了一次家。

那一天正好赶上亲戚们聚会。越是热闹的地方，唐子淳越感到孤独。大人们最爱做的事情，无非就是挤在一间屋子里，说张家长李家短，顺带不经意地说起自己的孩子多有出息。

大舅妈说自己的儿子今年毕业，已经拿到了知名外企的Offer。姨外婆说自己的孙子在部队的医院里，做得风生水起。二姨说自己的女儿在香港旅行时给她买了一条紫水晶项链。

唐子淳的父母只是静静地听着，适时夸奖一下别人的孩子，有时也朝低着头的唐子淳投来略带哀伤的眼神。不知是谁问起唐子淳现在在做什么，忽然之间整个屋子就静下来。唐子淳看看父母，又看看眼前这群等着看笑话的人，轻描淡写地说道，他在北京做音乐。

有人紧接着问，做得怎么样。他回答，还可以。

有关他的话题就此中断，人们又互相吹捧起来。

聚会结束后，屋里只剩下唐子淳和他的父母。父亲抽着旱烟不说话，烟雾弥漫在整个屋子里。母亲低着头暗暗抹泪。唐子淳只说，让他们再给他3年的时间，如果3年之后依旧闯不出名堂，他就安顿下来。

他离开家的那天，父亲像往常一样把他送到了火车站。

后来，他仍旧在北京的一间地下室里创作，同时帮人做一些谱曲的工作。他也寄出过很多歌词，有几首被人买下了版权。

日历一张张被踩在脚底，他剩下的时间越来越少。这期间，他并没有闯出什么名堂，只是一再受着梦想的蛊惑，不间断地练习打鼓。每一个夜晚来临时，他似乎都很平静，仿佛已经做好了换一条道路的准备。

他并没有预料到，事情会有转机。

在一个大型的摇滚乐比赛现场，他心潮澎湃地坐在台下，评委席上坐着他最崇拜的摇滚主唱。

比赛看到一半，他在上洗手间的空隙误打误撞走进了后台。后台即将上场的乐队捶胸顿足，一阵慌乱。他偷偷问旁边的助理发生什么事情，助理告诉他，鼓手肠胃炎忽然发作，不能上台。唐子淳鼓起勇气走过去，说他就是一名鼓手。

就这样，他没有参加任何排练，没有看一眼曲谱，就随着只有一面之缘的乐队走上台。台上光芒四射，照在他面前的架子鼓上。

在演奏的时刻，唐子淳看到他最欣赏的评委正聚精会神地看着他。

Part 7

我们都会变成更好的自己

每个人都是在活自己的人生

第一个人

她是单亲家庭长大的孩子。

在她很小的时候，父母就离了婚，母亲改嫁给自己的情人，她跟了父亲。虽说是单亲家庭，但她觉得自己过得很幸福，她和父亲感情好，父亲做生意做得风生水起，再忙也会抽出时间陪她，而她从小就聪明，学习好，又多才多艺，是父亲的骄傲。

高中毕业，父亲送她出国留学。她舍不得离开，留在国内读书不是一样？父亲却很坚持，“出去看一看世界，扩大眼界胸怀，对你将来有好处。”又说，“趁现在我还有能力……”

她不忍再反对，一个人拎着行李去了异国。刚开始完全不适应，因为想家，她哭过好多次，慢慢地就变得坚强起来，独自做很多事，努力交朋友，在越洋电话里和父亲眉飞色舞地描绘留学生活。父亲很高兴，许诺等她毕业带她去旅行，“你想去哪儿，咱们就去哪儿！”

很快她毕业了，父女俩却没有去旅行。她当时非常憧憬另一所大学的某位教授，想进他的研究室，忙着应付好几场重要的考试和面试，而父亲的生意也更忙了，结果旅行的事不了了之。

等到她终于拿到研究生名额，稍稍有了些空闲，父亲却病倒了。她心急如焚地回国，才知道是绝症。

她半天回不过神来，一个人躲在医院的厕所里哭，向所有神明祈祷，希望时光倒流，父亲永远年轻，而自己永远是个还没长大的孩子。

神明当然不会回应她的愿望。没过多久，父亲去世。她心力交瘁地处理完后事，卖掉父亲名下的几家店，索性连房子都卖了，独自回到大学。

既然父亲都不在了，再回国也没有意义，于是她下定决心，要在异国扎根。

此后，她拿到学位，顺利签到一份不错的工作，结婚生子，在郊外买下自己的独栋房子，事业稳步前进，家庭幸福美满，终于在异国安定下来。

有时候，她开车穿过繁华街道，会想起去世的父亲，想起当年父亲说的话，要她出去看一看世界。

时间呼啸着向前，她已经看过这个世界的许多风景，今天也还在继续前行迈向未来，却把父亲永远抛在了身后。

她忽然想要完成一场迟到的纪念。

带着父亲的照片，她请了长假，踏上了旅途，去每一个曾经设想和父亲一起去的地方，在巴黎的埃菲尔铁塔下，在伦敦特拉法尔加广场的鸽群中，在巴塞罗那港的夕阳里，她抱着父亲的照片，留下一张张合影，在心底默默告诉天国的父亲，我们来过这里。

她将这些照片集结起来，以“我和父亲的旅行”为名，传到社交账号上，引来数以万计的点赞和评论。一位刚刚失去父亲的女孩在照片下面留言：“这已是最好的纪念。”

她看了，泣不成声。

父亲，当年在你怀中的小女孩，已经长成一个美丽、强大、幸福的女人。她参加行业盛会，可以在数千人面前侃侃发言，她有一位温柔的丈夫，一家四口常常去海边度假，即使你不在，她也可以独自应对这个冷酷又温暖的世界，独力承担得失生死。但这一路的波折、悲喜、成就、幸福，你若可以见证，该有多好。

你若还在，该有多好。

第二个人

塞琳娜是某著名时尚杂志的总编，像电影《穿普拉达的女王》中梅丽尔·斯特里普饰演的时尚女魔头一样，气场强大，直觉敏锐，强势得没边。

刚进杂志社时，她可不是这样。当时她只是个小小的助理，任人使唤，也任人责骂。和她同期招进来的黛西，也是助理，却比她聪明得多，工作完成得好，又会讨人喜欢，挨骂也少得多。

虽然境遇相差很多，两人却很要好。她们手牵手一起去吃甜品，逛时尚品牌店，买衣服化妆品，为对方选择搭配款式，恋爱时互相瞎出主意。聊及职业理想，她们都会说起那个穿普拉达的时尚女魔头，无限神往，两人约定，要像女魔头那样，成为纵横时尚圈的大人物，以后还要携手创立属于自己的时尚品牌。

黛西对她很好，她做事有点笨手笨脚，黛西就经常不着痕迹地帮把手，她生病时，黛西就给她煮好喝的蔬菜粥，她不会照顾人，就经常攒钱请黛西吃大餐。在学生时代没有找到的好朋友，在职场上找到了，塞琳娜很开心。

助理的工作做得不够好，塞琳娜的策划才能却很出彩，偶然的一次机会，杂志社打算做一个系列，邀请一些明星来做专访，开会时，塞琳娜鼓足勇气谈了一些自己的想法和创意，居然引起了总编的兴趣，当即破格让她加入负责这个系列的编辑组，出一个具体的策划案。

塞琳娜一步步绽放光彩，等到她开始独立负责一个栏目，并将它打造成杂志中最受欢迎的栏目时，黛西仍然是一个助理。两个人一起去吃甜品，一起去逛街，忽然变成一件艰难的事了。黛西开始躲着她。

终于，黛西草草地辞了职。临走时，她给塞琳娜发了一条信息：对不起，我无法控制自己不去嫉妒你，我讨厌这样的自己。再见。

她们从此失散于人海。

现在的塞琳娜，穿着塞琳娜出入各种时尚典礼或晚宴，在交际场上八面玲珑，工作起来雷厉风行，早已不是当年笨手笨脚的模样。她常常想起当年那个对她那么好、和她一起畅谈理想的女孩。

世事弄人，偏偏是这个和她有着相同理想的女孩，无法见证她的成功。

是的，喜悦无法共享，悲伤无法分担，梦想是注定孤独的旅程。

但你若还在，该有多好。

第三个人

台湾一位话剧导演，前半生忙于组建剧团，写剧本，拉投资，四处巡演，年过半百才结婚生子。一次参加电视节目，台下有人问他：“您有没有想过，自己很可能看不到儿子长大成人，有可能他的毕业典礼、结婚典礼都不能参加，您不觉得遗憾吗？”

导演笑了，说：“你觉得我会遗憾，那是因为你觉得这世上大多数人都能亲眼看着儿女长大，那我问你，假如我在这世上是一个孤岛，没有其他可以比较的人，你还觉得我遗憾吗？我们为什么要拿自己的人生和别人相比呢，每个人都是在活他自己的人生。我可以回答你刚才的问题，我这一辈子，一直都在做我想做的事，我没有任何遗憾。”

他一定也会这样告诉他的儿子：每个人都是在活自己的人生。我若不在，相信你也会很好。

这个世界上，多的是遗憾。子欲养而亲不待，是遗憾；还未道别就已离散，是遗憾。很多时候，你只能眼睁睁看着曾经拥有的被时光席卷而去，纵然千百次回过头去，也无从挽回。

还有一种更无言的遗憾，叫“不在场”。

成长的过程无人见证；你哭，笑，悲，喜，没人看见；你站在人前受万众瞩目，最重要的那个人却不在场。

于是你慢慢明白，你努力活着；你说话，哭，笑，为谁付出；你成长，奋斗，爱一个人，无非是想要被看见。

小时候，只要有爸妈看着你，你就敢去探索这个庞大而陌生的世界；长大后，朋友、爱人看着你，你就敢去闯荡、追梦，就敢献出你的全部爱意。哪怕等待你的是伤害也没关系，因为受了伤也会被看见。

有那个人在场，你说什么，做什么，你的勇敢和坚强就都有了意义。

可是人生路漫漫，大多数时候都要自己一个人一步一步走完。

就像龙应台所写，有些事，只能一个人做；有些关，只能一个人过；有些路啊，只能一个人走。

终有一日，我们都会理解这个事实——所有的人都会离开你，就像你总有一天会离开所有人。

所以，面对离散，可以尽情地不舍，流泪，在心中种下永不消失的遗憾。

但最后仍要心存感激，挥手道别。

就像那位台湾导演说的：每个人都是在活自己的人生。

你若在场，我的世界会更好。

不过请放心，你若不在，我一个人也会好好活。

与你的软弱握手言和

化妆品公司的会议室里，市场总监正在批评自己的助理。

“身为化妆品公司的职员，而且还是总监助理，没化妆说得过去吗？你打算就带着这张素面朝天的脸和我一起去见客户吗？”

“你再看看你这身衣服，是早上起来没来得及换的睡衣吗？如果你对这份工作没有起码的尊重和职业素养，那就不用再做了。”

总监皱着眉训话，助理眼圈发红，一声不吭。

“今天你不用跟着我了，就留在办公室处理文件吧，记住了，下不为例！”

女助理退了出去。总监揉了揉因生气而发痛的太阳穴。这已经是第几天了？她工作完全不在状态，她记得从前的自己不是这

个样子的。

从前的她，每天都会打扮得优雅大方，永远笑容满面，能力强，专业知识又熟练，待人接物更是没的说，穿着10厘米的高跟鞋穿梭在各个办公室之间，每一步好像都能生风，既干练又潇洒。

当然应该是这样，如果她不优秀，怎么可能成为他最得力的助理？

可是这几天，她一直都是这副没精打采、恍恍惚惚的样子，难道发生什么事了？他开始觉得刚才的斥责太草率了。

他起身去办公室找她。她不在那里。问其他人，说她去了洗手间。和她关系好的同事轻声说了一句："她最近好像经常躲在洗手间里哭。"

总监忙问："怎么回事？"

"我也不知道，问她也不肯说，但那天听到她在走廊打电话，好像是说她奶奶去世了。"

总监吃了一惊，"可是她都没有请假……"

"这我就不清楚了。"

后来，总监找到她，深谈了一次。这次，她老老实实说出了奶奶去世的事。

问她为什么不请假回家，她说："奶奶是突然心肌梗死去世的，我接到妈妈电话的时候，奶奶已经火化下葬了，回去也见不到了。"

说完，她又补充："爸妈在我上高中时离婚了，我跟了妈妈。爸爸再婚后，我好久都没回去了，奶奶也是好多年不见了。

妈妈肯定觉得没必要让我回去，所以才推迟好几天告诉我消息。可是，我是奶奶带大的……”

“就算不回去，你也可以请假休息，何必强撑着来上班？”总监叹道。

“我以为我没问题的。”她微微鞠躬，“抱歉，给您和大家都添麻烦了。”

“不用这么逞强。”总监说。

这话本是好意，女助理却摇摇头：“不是逞强，我只是不愿意因为这件事给大家的工作添麻烦。况且，奶奶曾经跟我说过，死只是一蹬腿一闭眼的事，很平常，她说，以后她要是死了，要我一定不要难过，不然她会不放心走。所以我想着，我应该很平常地对待这件事，否则她会挂念我，舍不得走……”

看着这个一脸倔强的女孩，总监忍不住道：“你的奶奶说的没错，但对于你而言，最亲爱的人去世了，当然会伤心，会难过啊，痛苦的时候，就尽情痛苦吧，大声哭也没关系，软弱也没关系的，等你从伤痛里走出来，再来逞强。”

她愣住了，许久许久，泪终于落下来。

“奶奶走得太早了，小时候我跟她说，将来挣了大钱要带她环游世界，我还没有来得及实现我的承诺啊，以后永远都没办法实现了……”

干练潇洒的职场女强人，原来也会露出这样的表情，脆弱得像一个失去依傍的小孩。

可能生命是这个世界上最无常的一种存在。有时你和家人、恋人、朋友在一起，彼此幸福美满，便以为时光将永恒延续，然而人祸天灾，往往只是一瞬。

小学时，班里有同学父亲去世，请了很久的假，那段时间，我回家看到自己的爸爸一如既往哼着小曲儿在厨房给我做好吃的菜，就会觉得自己好幸福。

十几岁的时候，多愁善感得很，一想到父母总有一天会离开我，总是忍不住泪流满面。那时我想，人怎么能忍受得了那种分离之痛呢？只是设想一下都好像撕扯着血肉。

再后来，长大了一些，终于开始明白，生命的迟到早退，于我们而言是无常，对世界来说，却是再寻常不过的日常。而和心爱的人生离死别，是人生必修的一门功课。不管你愿不愿意，不管你是主动还是被迫，都必须修习。

这门功课不及格，上天就不会让你领悟到生命如斯珍贵，情意如斯厚重，也不会许诺释怀和解脱。

但功课的内容，不是故作的坚强与平和，不是以麻木来抵挡伤害，以冷硬来抗拒磨难，而是接纳伤痛，释放悲伤，明了生命本质的残酷，然后对生命有更柔软更温暖的理解。

戴安娜王妃有一次去看望一位身患绝症的小女孩。

小女孩小小年纪就遭受了很多常人难以想象的痛苦，每一次化疗都像在炼狱里走过一遭，得忍耐药物严重的副作用，咬牙撑过成年人都觉得痛苦不堪的治疗。自从知道自己的病情以来，小女孩没有哭过一次，没有喊过一次痛，没有叫过一次苦。父母、亲人、医生、护士，所有人都夸她坚强，也都鼓励她继续坚强下去，相信希望就在前方。

而戴安娜王妃来看望她时，什么也没问，什么鼓励的话都没说，只是抱着她说了一句："很痛苦吧？想哭就哭吧。"

小女孩终于卸下坚强的面具，在王妃怀里像个真正的孩子一样失声痛哭。

不是不能坚强，不是不能独自撑着熬过所有苦痛，但这所有的煎熬和逞强，都不如放声大哭一场来得有效。

因为这一场哭泣，是对自我和伤痛的温柔接纳。

接纳过后，才有真正的直面。

曾经有相熟的姐妹失恋，失业，还失去了自己最爱的宠物，一下子觉得陷入人生最低的低谷，伤心过度，无法振作，窝在家里不出门，提不起精神做任何事。

几个姐妹相约去她家，她蓬头垢面、脸色憔悴地来开门。坐下来聊天，她说起劈腿甩掉她的前任，说起人生前路的茫然，说起宠物死之前的情形，满脸的无法释怀，但问起她有没有哭过时，她却咬牙道："我不想为了这种事情哭。"

我们都愕然，或许她觉得哭泣代表软弱，但若不为了这种事情哭，那人生还有多少值得哭泣的事？

"我们来看电影吧。"

正在大家面面相觑，不知该说些什么的时候，有人建议。

选了一部催泪电影，准备了一大沓纸巾，几个人陪着她边看边掉泪，等到电影播完，纸巾消耗完毕，眼睛肿成桃子，那压抑在心底的沉重悲伤好像真的释放了许多，减轻了许多。

后来这位姐妹和我们说："哭的时候才肯承认，其实我好伤心，好难过。但神奇的是，哭过之后，发现自己已经没那么伤心难过了。"

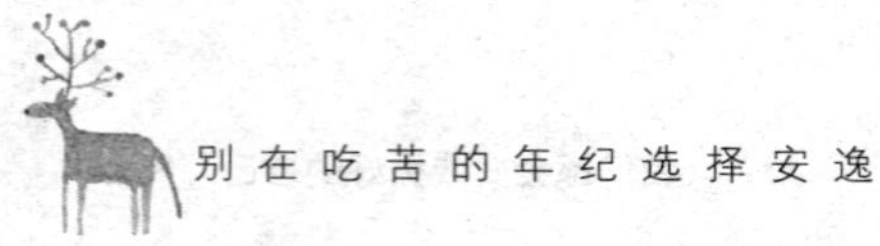

我们都是人类，普普通通的人类。

我们当然可以咬牙走过很长的路，熬过许多难熬的伤痛，但我们都不是铁打的躯体和心灵。

受伤的时候，痛苦得难以承受的时候，放声大哭一场，又有什么不可以？尽情地让自己软弱，向命运撒娇赖皮，向这个世界的残酷暂时举手投降，又有什么不好？

好过强撑起坚强的表象，以为自己张牙舞爪，防备完美，其实内里早已千疮百孔，脆弱不堪。

承认脆弱，才会治愈脆弱；释放悲伤，才会治愈悲伤；流着眼泪，和软弱的自己握手言和，时间才会愈合一切。否则，它只会麻木一切罢了。

平凡是必然，不是选择

朴树沉寂十年之后的新歌《平凡之路》在网络上发布，点击量超过百万时，正是我一位忘年交友人抑郁症宣告暂时治愈的时候。

之所以说暂时治愈，是因为谁也不知道什么时候她的抑郁症会再次复发。

当时她听了这首歌，也听了许多人的议论评说，到最后却只说了一句："这首歌，得过抑郁症的人自然听得懂。"

言下之意，此外的诸多解说，都是各自的牵强附会？

不是的。她说，其他人说的当然也是对的，在十年前的"生如夏花”之后，如今的朴树已经只想要走一条“平凡之路”，可是，这首歌里的某些东西，无法确切形容出来的某些微妙感受，她相信只有抑郁症患者才懂。

据说朴树淡出的十年间，有好几年都被严重的抑郁症折磨着。

如今，他在走出那场折磨之后，用异常平淡的声音唱着：“我曾经毁了我的一切，只想永远地离开；我曾经堕入无边的黑暗，想挣扎无法自拔。”

或许真的像友人所说，这并非仅仅是在说梦想的破碎，青春的失落，也是在描述抑郁症发作时内心所感受到的绝望和黑暗。

友人的抑郁症，由来已久。

第一次发作的契机是她30岁那年，母亲的去世。

她当时在外地工作，接到母亲病重的电话，连夜往家赶。

赶到医院时，母亲坐在病床上，笑着和她打招呼，脸色也还好。她松了一口气，随后和父亲细聊，才知道母亲的病情已是晚期，医生预言母亲的寿命不过半年。父亲一米八的硬汉，泪如雨下。

“你妈妈还不知道……”

她搂过父亲，轻抚着他的肩膀，强忍着没有落泪。

不出三个月，母亲病逝。她忙前忙后办葬礼，来不及伤心，也来不及回忆往事。父亲失去母亲，几乎一蹶不振，她一边照顾父亲，一边处理各种琐事，还要匀出心思来兼顾外地的工作。

等到她终于安顿好了一切，使工作重新步入正轨，把父亲接到她所在的城市，已是半年之后。

逝去的人已经逝去，活着的人生活还得继续。这样的道理

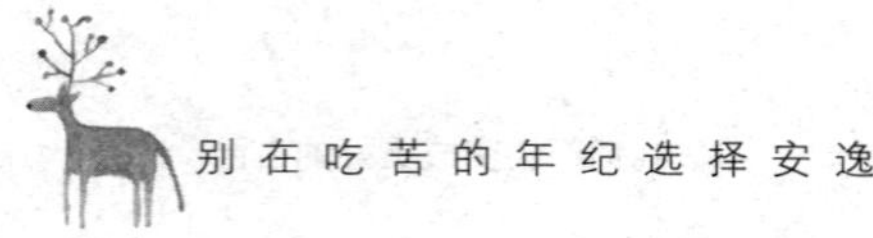

她当然懂。她比过去更努力地工作，仿佛是为了让天国的母亲安心，她比以前更努力成为一个优秀的女人，甚至交到了一个更优秀的男友，仿佛是为了弥补命运从她身上夺走的幸福。

崩溃来得毫无预兆。

某天下班回家，父亲出去散步了，她直接去浴室洗澡。温度调得刚刚好，热水淋在身上，她却毫无毛孔张开的舒服感觉。她觉得自己像是一截木头站在喷头下，全身僵硬，失去了知觉，胸口有一团黑色的荫翳慢慢扩散，巨大的绝望笼罩过来，让她无法动弹。她忽然想，人生有什么意义，工作，努力，赚钱，结婚生子，这一切到底有什么意义？

很奇怪，忽然她就再也找不到振作起来的理由。

第二天早上，起不来，不想去上班。接着第三天，第四天，很快，她失去了工作，失去了男友，父亲开始为她担心，带她去医院，诊断结果出来：抑郁症。

吃药，心理辅导治疗，药产生副作用，再吃药治疗副作用，病情稍稍好一点，减少治疗次数，病情加重，增加治疗次数——很长一段时间，她就在这种治疗里反复折腾。

在状态好的时候，她自己说："真的很奇怪，你看，此时此刻，我知道这个世界有美好的一面，知道自己身体健康，各个部位运转正常，知道活着本身就是一种很美妙的体验，但发病的时候，就是振作不起来，就是看不到哪怕一丁点儿希望。"

在此之前，她是外企一位优秀能干的高级经理，刚刚升职，有了外派出国的机会，而她的男友在外资银行工作，两个人都是才貌双全，眼看着这么走下去，人生肯定会走向一个童话的结局。

然而，她得了病，工作丢了，男友丢了，自己整天窝在家里生着病吃着药，不知何时才是尽头，让人看了唏嘘不已。

但她到底还是走到了尽头。

走出来的契机同样来得突然。

那天她状态还好，忽然很想一个人去爬山。

刚走到山下，她就开始满心绝望。

怎么办呢？到底爬还是不爬？想着想着，她的脚步已经不知不觉往前迈出了。中途很多次，她都很想停下来，从山上滚下去，但她没有停下来，就这么麻木机械地往前走了许久，终于到了山顶。

风景美得令人窒息，她却完全无心欣赏。她脑子里一遍遍想着等下要一步步下山，要站在路边打车，要打开车门，坐车，告诉司机目的地，给钱，推开门，下车，走进家门……

太麻烦了，等下自己真的可以完成这么麻烦的事情吗？要不还是不要下山了，就站在这里，站一辈子算了……

她在绝望里几乎没顶，直到天空飘下第一片雪花。

居然下雪了，还没到季节呢。

她吃惊地看向灰蒙蒙的天空，雪不断往下掉落，将周围的声音一点点吸收干净，无声的世界里，雪下得大而安静。

地面很快积了薄薄一层未被踩踏过的新雪，看起来格外柔软。她听到旁边一个小女孩惊呼一声，然后拉着妈妈的手在雪地里又蹦又跳。见她在一旁发愣，小女孩又跑过来牵起她的手。

那个下午，她跟着一个孩子又笑又唱又跳，仿佛回到了小时候。

这一场大雪纷纷扬扬，像是下在她心里，明明是冰凉的，却那么温暖。

她忽然毫无来由地相信，一切都会好起来的。

如今，她做着一份笔译工作，收入不高，当然也不必高强度地工作。

不再逼迫自己变得更优秀，只是告诉自己，不论怎样都好。

她想，这一场抑郁症的折磨或许是在提醒她，是时候换一种态度面对人生了。

从前她是个工作狂，投入起来简直不要命，年轻的时候，当然没问题，但如果一直这么下去，大概很可能在35岁的某一天因加班而猝死吧。

人生大概只会在看过一种风景之后仓促结束。

而此时她见到的风景，很缓慢，不算好。未来也如一团迷雾，看不清楚。但她很享受这种平凡安然的状态。

不是假装无欲无求，假装心如止水，而是真的觉得享受。

今日再听《平凡之路》，她明白了一个道理，从生如夏花，到毁了自己的一切，堕入无边黑暗，再到平凡之路的回归，这并非一种选择，而是一种必然。

你不能在像夏花一样绚烂地活过之前选择平凡，这样的平凡，只是平庸。

你也不能在经历黑暗和毁灭之前选择平凡，这样的平凡，只是逃避。

假如你真的走上了平凡之路，那一定不是选择，而是你走过璀璨之路和荆棘之路以后，再必然不过的抵达。

我们都会变成更好的自己

你的来信

亲爱的旧友：

你还好吗？

看到这句话，我知道你可能又要皱眉撇嘴了。

你从来都讨厌寒暄客套，有时和熟人在路上遇到，熟人寒暄几句，问你去哪儿，吃饭没，最近好不好，你都会像傻瓜一样站在路边，认认真真思考你打算去哪儿，是刚吃过早饭还是午饭，最近到底活得好还是不好。

其实你也知道，别人只是随口一问罢了。

你一直是一个认真过头的女孩子，思考的时候永远眉头紧拧，好像这场人生是一个解不开的难题。这样的你，当然把握不好寒暄客套的度，也不知道如何恰当地应对，所以你对此讨厌极了。你问我，人们为什么要浪费生命来说这些客套话？

后来你听人说，芬兰人私人空间大得出奇，他们从来不寒暄，当他们问别人最近好不好时，都是在期待真诚而有分量的回答，而不是随口一问，实际上并不关心你到底好还是不好。

你开心极了，特意说给我听，感叹说这真是个理想的国度，并说以后你想去那里终老一生。我很不识相地给你泼冷水：芬兰的冬天，早上刚起床，天就快黑了，在那里待久了很容易抑郁，而且那里剪头发贵得要命，你这么爱美的人，天天都要去美发店做保养的人，很快就会破产的。

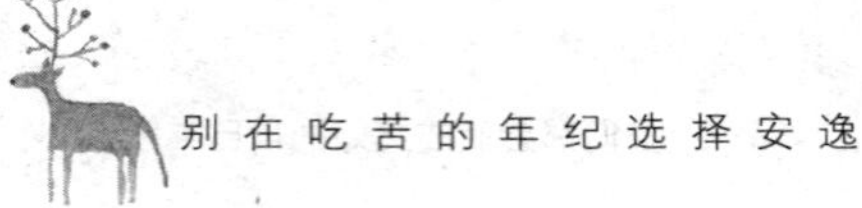

你当然知道我是故意在损你，所以你并不介意。在我们相识的日子里，我们的关系一直都是这样的，损友。

所以，我怎么会和你客套寒暄呢？那句“你还好吗”，真的是我在和你分别这么多年后，最想问的一句话。

那个时候我们多年轻啊，脸上的痘痘刚刚冒出来，一颗又一颗，总也不平息，看着隔壁班班花吹弹可破的皮肤，觉得自己像只丑小鸭，把刘海留长，遮住额头，弓着背低着头走路，其实是很爱美的，却爱美到自惭形秽的地步。

但如今回想起来，竟觉得那些痘痘也是美好的，一颗颗饱满清新，像清晨雨露的新鲜气息，像我们刚刚绽开的青春放肆的气息。

未来那么远，那么长，仿佛永远都不会到来，也永远都不会结束。

唯有青春，灼灼盛放。

我们一起上学放学，一起读书自习泡图书馆，一起去跑步，一起逛街，偷偷买化妆品学化妆，互相毒舌点评对方喜欢的男生，互相陪对方去看偶像的演唱会，甚至还曾经一起离家出走，在大街上夜游好几个小时之后，因为实在太害怕，最后只好各自灰溜溜地回家。

我记得那时我生病请假，从不爱记笔记的你，居然认认真真做了好几天的笔记，递给我时，还故意装出一副不耐烦的表情；我被老师叫到走廊上说教那次，你在老师身后冲我做鬼脸，逗我开心，后来被老师发现，也一起挨了骂；我喜欢的男生交了女朋友时，你陪着我一起骂他，说他没眼光，诅咒他们早点分手，甚至还在给楼下花坛里的花浇水时，故意手一滑，浇了他俩一身。

现在，还有谁会陪我做那么多事，还有谁会为我做那么多事呢？

我们都长成了更忙碌、更自私、更焦躁、更不耐烦的大人。

不对，从更早的时候开始，我就已经是忙碌、自私、焦躁、不耐烦的大人了。

知道两个人考上同一所大学的时候，我们多开心啊，热死人的天气里，开心得跑出去买最喜欢的冰激凌，各自举着，像喝酒一样碰杯。

我们都以为能够一直一直在一起，直到当上彼此孩子的干妈，直到有一天老了，还能手挽手一起去逛街。

谁知道只是专业不一样，只是各自的交际圈不一样，就那么轻易地疏远了呢？在食堂里偶遇时，我连你什么时候爱上吃番茄鸡蛋都不知道，因为你以前完全不碰番茄的啊。

当然不能怪你，因为我在大学四年里真是忙得不可开交，学生会，校报，打工，修双学位，实习，找工作，还抽时间谈了场恋爱，唯独没有时间和你联系，哪怕只是在校内网上留个言。

现在，我在大城市安了家，买了车，房子刚刚付了首付，和男朋友开始谈婚论嫁，在一家不错的跨国企业，有一份不错的工作，未来看起来充满希望。我却总是忍不住回望过去，回望和你一起度过的青春，所有的细节都在回忆里越来越清晰，我不知道自己错失了什么，但我知道，我很想念你。

直到最近，我才得知你的大学四年过得相当不顺，父亲生病，学业荒废了半年，为了就近照顾父母，不能离开家乡，找工作很艰难，就连恋爱都不顺。你过得那么灰暗，我却不在你身边，连一点关心你的念头都没有，有时想起来要联系你，又觉得

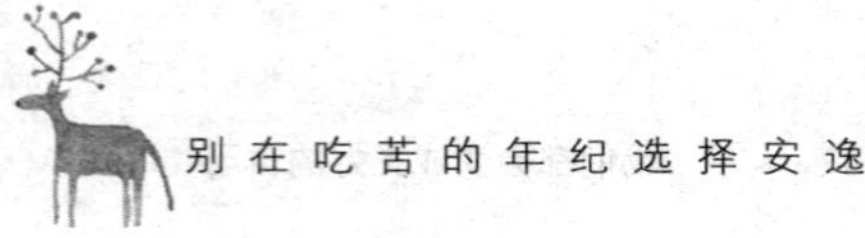

你大概已经交上了新的朋友，有了新的爱好和圈子。明明是自己害怕面对你无话可说，却给自己找一个高明的借口，说服自己不要去打扰你。

此时的我，仍然不敢直接去找你，只敢给你从前的邮箱发这样一封信。

心里盼着你还在用这个邮箱，却也盼着你永远也不会看到。

很狡猾，对吧？

这么多年过去了，我也只能说一句：对不起。

只能问一句：你还好吗？

我的回信

亲爱的朋友：

我很好。

真的很好。

你知道我不喜欢寒暄，不喜欢说客气话，也不会在别人问“你好吗”时，不走脑子随口答一句“我很好，你呢？”

所以，我是真的在认真思考过后，才回答你，我真的很好。

是啊，这么多年过去了。

足以改变一切了。

科学家说，人身上的细胞7年会全部更新一遍。所以是不是可以理解为，每过7年，我们都会新生一遍？

你看，我现在已经新生了。

父亲的病早就好了，他现在健康得很。我荒废的学业在大四之前补上了，顺顺利利毕了业。刚毕业，我靠熟人关系在家乡找到一份薪资还不错，但和我的专业完全无关的工作，做得很不开心，看不到未来，但现在，我已经去了另一个城市，找到了一个适合自己的职业舞台，发展得还不错，买了房子，把父母也接过来了。就连当初不顺的恋爱，今天也重生了，变得更好的我，已经遇到了更好的人。

大学四年，的确是我人生里最灰暗的时期。那时，你就在离我不远的地方，我却好似孤身一人，艰难跋涉。所以，你为此自责、悔恨。

但实际上，你根本不用自责，因为当时我的身边还有其他人在，我新交的朋友，宿舍的姐妹，甚至系里比我大不了几岁的年轻辅导员，都对我很好很好，他们帮助我，鼓励我，为我加油打气，陪伴我，温暖我，和我一起度过那段难过的日子。

我说我是孤身一人，艰难跋涉，是因为，即使再多的人在我身边，我也只能独自面对人生。你，我，我们所有人，都是这样的。你有你的泥沼，我有我的泥沼。我们都是在生活的泥沼里仰望蓝天，一步步接近更好的未来，不是吗？

所以，你何必自责呢？

你的信里，提到我对你的好。但你知道吗？其实你对我更好。

那时我生病，爸妈都去上班了，只剩我一个人在家，你居然跷了课，专门来陪我，给我熬粥，为我做冰袋放在额头上降温；我和男生打架被教导主任抓包的那次，你身为学生会干部，为我挺身而出，说打架的人也有你在内，你愿意和我一起挨罚，最终逼得教导主任不了了之；我喜欢的男生拒绝我的表白时，你也陪我一起骂他没眼光，诅咒他以后都交不到女朋友，身为乖学生的你甚至利用自己在学生会的职务之便，说服老师，把他从演讲比赛的名单上拿了下来。

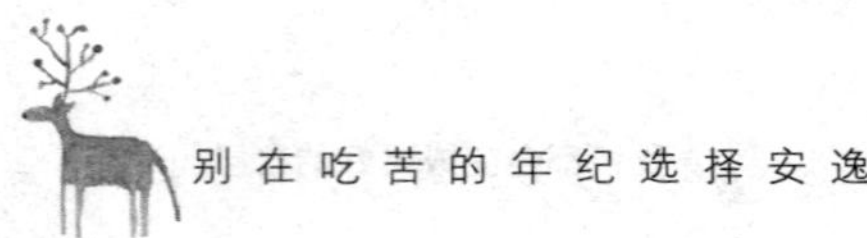

后来你说那是你做过的最龌龊的事，不愿再提起，我却一直都记得，因为你那是为了我啊。

你看，我们记得的，一直都是彼此的好。

这样多好。

我们曾经共有过最美好的青春，此后的疏远，不过是缘分、命运，或者说时机使然。你我都无能为力。

“每一种青春最后都会苍老，只是我希望记忆里的你一直都好。”

这是我一直喜欢的一句话。

送给你。

也送给我自己。

停不下来小姐

停不下来小姐原来是有自己的名字的，不过这两年，逐渐被“×总”“×姐”代替，当然，还有公关学着淘宝客服的叫法：亲。就连平时闺密小聚，大家知道她是一个工作狂，都会顺着开玩笑也叫她“×总”。

不过，停不下来小姐很少有时间参加所谓的闺密小聚。

以前，她往往一坐下就开始呱啦呱啦地打电话，或者在大家聊八卦聊得正开心的时候，突然一拍脑袋：明天还有个方案要交！然后旁若无人地打开笔记本开始敲字。久而久之，闺密们都受不了她，索性就很少再叫她出来。

停不下来小姐有多忙呢？其实她并不是什么“总”，也没有老到可以当所有人的“姐”，只不过是处在一个“女汉子行业”。

刚开始，她只是厌恶矫情、做作和依赖，总是宣扬自己能独当一面地打“前锋”，麻利地完成任务。

因为不确定什么时候要跑突发，停不下来小姐每天都穿着宽松的棉麻衣服。不穿运动鞋、帆布鞋，那种卷起裤腿穿的运动鞋的时髦她也没赶过。她基本都是穿圆头芭蕾鞋，不磨脚，站着不疼，美其名曰：方便工作。

出去采访时，她就把电脑塞进公司统一发的黑黑大大的电脑包里，或者把所有的东西统统都倒进一个双肩包里，背上就能跑，参加个发布会也不用多个人来“看着点”自己的物品，拿上相机就能冲到前排拍照，要名片。

需要马上发稿的时候，她随便找个垃圾桶就能把笔记本电脑架在上面开始赶稿。

有一次，刚好是圣诞节，男友要考研，停不下来小姐正陪着男友在书店里的雅致书桌边看着书，一切显得那么悠闲。然而领导一个电话打过来让她写稿，书店内没有网络，她收起刚刚舒展开来的书卷气，抱着电脑就冲出书店。

附近没有咖啡厅，她撸起袖子就“故技重施”将笔记本往路边的垃圾桶上一放，开机输密码打开文档埋头苦写起来。中途有隔壁餐饮店的小妹过来倒垃圾，嫌弃地看了她一眼：“麻烦让一让。”她才恋恋不舍地抱着电脑挪开1米。

更多的时候，她一着急，就经常直接在路边蹲下，在膝盖上摊开一本笔记本，右手拿笔，左边肩膀夹着手机，一边打采访电话一边记要点。每次她都能收获许多“异样目光”。

这有什么？这一行不就这样吗？停不下来小姐总是对那些目光嗤之以鼻：这就是现代女性的干练、通达，你们不懂！

停不下来小姐也加班，而且几乎每天都加班。不用出外勤的时候，她在办公室总是戴着大大的框架眼镜。还没到下午，她鼻子往往已经油得眼镜架不住滑下来，额头也隐约反光。她随手把头发往后一挽，哪怕下班了男友过来接她去吃饭，也忘了先把后面凌乱的一把头发抚平。

化妆？现代女性当然不能素颜出门！停不下来小姐每天都会上粉底、描眉毛、画腮红、涂大红的唇膏——不是每个部位都修饰，总之就是哪个部位“颜色”重就化哪个部分。

停不下来小姐黑眉大眼，五官立体，稍微重些的妆容也不会多滑稽，只不过……她皮肤不好，T区出油，两颊又干，半天不到脸上就开始浮粉，睡眠差的时候第二天粉简直会沿着细小的褶塌下去，老气和疲惫一下子全显出来了。

若是参加个高端点的宴会，或者跟某个大人物约了专访，她也会精心打扮下，尖头高跟鞋也是必需的，细细的跟踩着，仿佛就有了无限优雅和自信。只不过一天下来，她的小腿就绷得酸胀无比，脚趾头也被磨出了好几处血口子。

直到在一个会场上偶遇了一个同行。

那个同行的姑娘和她年纪相仿，也不是第一次见，那天那个姑娘轻轻地朝她笑的时候，她注意到了那个姑娘似乎有着和自己完全不同的状态：飘带蝴蝶结真丝衬衫，袖子没有刻意挽起，松松地放着，铅笔灰的九分西裤翻边，脚上是钻扣尖头平底鞋，拿着微型单反，一脸轻松。

自己呢？停不下来小姐有些羞赧地低头看看，为了跑会而特意穿上的马丁靴，肉色丝袜也显得有些老土，脖子上挂着沉重的单反，因为笔记本电脑太重而压得衣服在肩部皱起来。

她知道那个姑娘跟自己跑的线一样，只不过供职于不同的公司，但那个姑娘出品的新闻、文案，包括发布会上拍的照片，都比自己的要值得夸赞。

这不是第一次见面。她记得在上一次参加某公司的酒会时，她特意穿了双小桃红的高跟鞋和黑色的小礼服，却在频繁的应酬和客套之后恨不得把那双8厘米的高跟鞋甩掉。而在那场酒会中，那个姑娘穿了条有质感的白色连衣裙，脚上还是那双平底鞋。

在更多的场合，停不下来小姐也见过那个姑娘总是不慌不忙，但总能站在最好的位置拍最正的照片，出稿也又快又好。

停不下来小姐想起一句话：当你凶狠地对待这个世界时，这个世界突然变得温文尔雅了。还有她买那些高跟鞋，都是受这么一句话驱使：每个女人都需要一双恨天高，昂首挺胸地踩碎懦弱，迈过坎坷。

于是她一直都是这么过度，也没觉得有什么问题。别人评论她，也都是说，又美又性感，但是，总好像缺了什么。

缺了什么呢？这个世界真的需要这么凶狠地对待才会温柔吗？好像也不一定。谁不想要一种轻松的生活状态呢？但是它是什么样的呢？

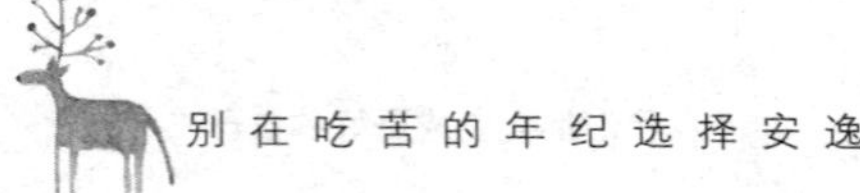

停不下来小姐把那些容易变形的棉麻衣服收起来，换上白色的或酒红色的真丝衬衫，平时搭个几何图案的小A裙，正式场合换条立体剪裁的包臀裙或者西裤，或者小V领的真丝连衣裙。她不再穿高跟鞋、乐福鞋、坡跟鞋，取而代之的是精致缎面尖头平底鞋，如果出席活动，就穿稍微带点细跟的，但也不超过5厘米，又好穿又好看。

做了这些后她发现，她并没有受累于这些更精致的打扮，她第一次发现，平底鞋也可以穿得很优雅，不穿高跟鞋也没有丢掉傲气。而且她发现，新闻晚个两三分钟，找个路边餐馆坐下写也行，不必真的捧着笔记本电脑在大马路边“献技”，就算是最紧急的消息，也一定有后方编辑在等着，她用手机先发回去也可以。

另外，当她开始带实习生出现在会场，从容地进行采访和拍照时，仿佛也不是非得单枪匹马像个女战士一样，而且多了一个人分担行囊和任务，她可以灵活地在人群中穿梭，去找自己想要的角度。

以前她总是想，会不会有一个平行世界，云朵慢悠悠地走，小白兔在大草坪上自在地跳来跳去，老鼠一点儿也不怕猫咪，女人也不需要穿高跟鞋，现在她终于与自己的平行宇宙重合了。

她想起自己特别爱看的《摩登家庭》，单身的时候经常看得感动并怀疑是否有这样的家庭。她急急忙忙四处寻找这样的人，找到了又急急忙忙把那些“不像”的棱角磨圆磨平，却忽略了对方是个有温度、有自我的人。

后来她发现，那只不过是她内心不自信、不服输的表现，怕自己做不好，索性让对方来适应自己。她以为自己是对的。正如她以前以为，只有快步走向世界，才有底气说话。

“璐璐，明天一起逛街去？我看上一条小黑裙，你一定要帮我看看！”

听到久违的名字，停不下来小姐，哦，不，秦晚璐小姐一口应下，然后从桌子底下拿出一个鞋盒，将脚上的平底鞋换成矮方跟，到洗手间补了下口红，准备下班。

对了，秦晚璐小姐现在几乎不化妆，她把化妆品的预算全用在了护肤上，出门涂个隔离，也不会卡粉了。简单画个眼线、刷个睫毛、涂个唇膏，要是逛街或者出席活动的话就用口红。加上每晚坚持敷张面膜才去睡，她的眼袋和黑眼圈大大减轻了，皮肤也通透了很多，她立志要做到真正素颜出门，当然，是30岁之前。

而当她开始在爱中更保留自我，不再试图去改变和抓住对方的时候，反而得到更多的在意、挽留和“我爱你”。

一天清晨，早睡的她被小区叽叽喳喳的鸟鸣叫醒，空气中有下过雨后湿润的泥土味道，窗外是满眼的绿色和清凉的空气。因为太长时间的焦虑和急躁，她已经有很长一段时间睡不好觉，那个早晨醒得如此舒服，感觉实在太好，她想一直记得。

后来的每一天，她几乎都是这样自然醒。

慢下来那么好，自己早该知道了。某一天早晨她正这样想着，同时感受到了爱人从后面环抱过来的温度：“璐璐，今天请个假吧？”

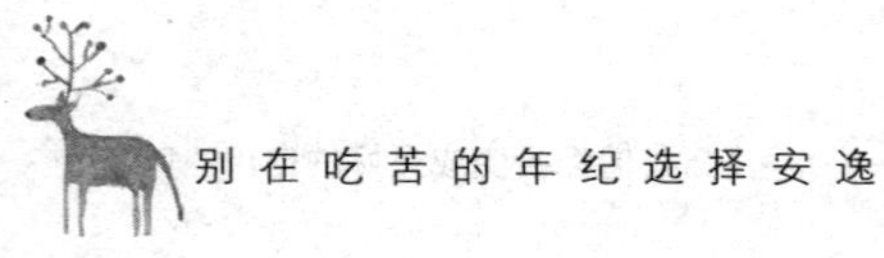

“为什么？”

“带上户口本，嫁给我。”

如同少年不惧岁月长

因为工作关系我接触到很多商务人士我发现他们中有这样一些人：穿黑西服套白袜子，每当走路或者无意抬腿的时候，总会露出那一圈不合适的白；衬衫革履的年轻人，却挺着十分明显的“啤酒肚”；腰臀赘肉多却穿着紧身又微透的裙子，坐下来“游泳圈”毕现的；露背却勒出一道边；包臀裙过短一坐下就现出粗壮的大腿。

人们如果对自己要求不高，总会露出破绽，不仅仅是外表。

我曾经有过一位35岁左右的女上司。那段时间我的座位就在她办公室的门口，她习惯早到，每天我到公司的时候，她已经精神焕发地坐在办公桌后面了。

她的衣着总是简单大方，她从不穿鲜艳的颜色，总是穿沉稳的黑、白、暗红、墨绿，衣服的材质是真丝或者羊绒的。虽然她也会偶尔穿皮草，但不是特别厚重和贵妇的样式。

有一次，主办方颁奖，我看她站在一群大腹便便的中年男人中间，还是穿着小西装，长及小腿的真丝连衣裙，留着长至胸前的大卷发，看起来成熟又温柔。

我到公司不久时，她交给我一件任务，主持一个专家沙龙。下来后她跟我说，裙子要穿过膝的，还有，不能用手托着腮看着对方的眼睛。

公司的年度盛典，要求穿旗袍，我需要站在红毯的尽头采访。当时请了外面的人给所有的工作人员化妆，轮到我的时候，因为我要跟嘉宾近距离交谈，她叮嘱化妆师，不要用夸张的假睫毛，妆感自然点，把头发全挽上去。

有一次跟她一起出差。在路上她告诉我，前一晚她工作到凌晨。她疲惫地笑笑，可是她从头发到妆容上却一丝不苟。

她上了飞机就换了双轻质拖鞋，进卫生间10分钟出来后，妆已经卸掉了，隐形眼镜也摘下来了，头发松松放下来，回到座位上戴上发热眼罩就沉沉睡过去。飞机上响起快要降落的广播时她醒过来。然后她去化妆间戴隐形眼镜、化妆、梳头，回座位换鞋，一气呵成，又是刚上飞机的精致模样，只不过疲惫感已经荡然无存，一副精神气十足准备战斗的状态：因为时间紧急，我们一下机，就要直接到对方公司谈方案。

我好像从来没有看到过她不整洁、不得体的时候。她不染发，因而也不会出现“黑黄不接”的发色断层局面；她大部分时候只涂裸色指甲油，所以我也从没看见过她剥落露出营养不良的指甲盖的样子；她嘴唇永远不会有干裂脱皮的时候。

如果说上面这一切都只是外表上的“得体”，那么，我也几乎见不到她高声大气地说话，也没有见过她特别严厉地批评过我们。

很长一段时间里，我总觉得她不像我的领导，而是感觉她更像是每个人初高中的时候都会遇到的一种英语老师，时髦，亲切，干脆又利落。

有一次，加完班在电梯间看到她，闲聊几句后，她问我：

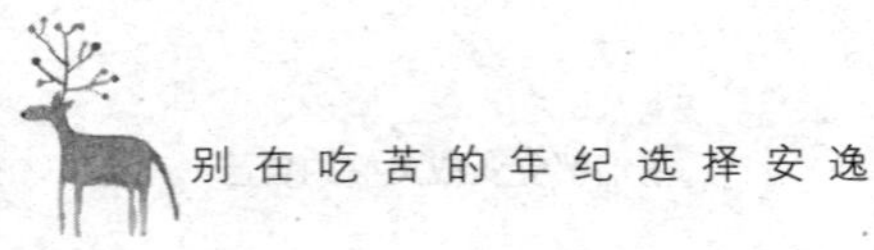

“你买房了吗？”我有点不好意思地说：“没有，刚工作，没什么积蓄。”

她又问：“有做什么理财吗？”我更难为情了，因为那个时候，我几乎是“月光”，钱从来都不够花。

她看出我的想法，笑着说：“我是不是要检讨自己给你们加薪的力度不够了。”然后又说：“女孩子每个月的工资都要计划分成几份，要懂得投资，投资自己。”

那时候我太年轻，并没有太理解其中的含义，羡慕她的生活和工作状态，却以为那都是金钱和地位达到一定程度后才能拥有的东西。

搭配衣服，打理头发，化合适的妆容，拎合适的包，用护手霜，喷不刺鼻的香水，这是一个女孩子最基本的修养；坚持运动，多看点鸡汤和商务之外的书，再进阶一点去考个对工作有用的资格证，或者学个乐器，就是提升。这些都不难，只要你愿意稍微努力些，随着阅历和薪水的提高，让自己变好看变瘦变优秀，几乎是顺理成章的事。

难的是，如何在任何糟糕的状态中都保持自己的情绪，在任何不幸的遭遇里都能迅速地从中脱离出来，以及让自己突然陷入困境时不至于太狼狈。要一直保持着对自己的高要求，才能不断地在提升的人生中，准确地抓住自己的弱点。

我也是过了很久才明白这些道理。

以前在学校的时候，失恋就不去上课，躲在宿舍里睡得天昏地暗，像个鸵鸟一样，以为只要看不见，就没有危险和痛苦。

后来上班了，不能随便请假，压不下伤心的情绪，但也开始知道，别人只看得到你的脸有多臭，根本不会知道你的内心有多翻滚，而且同事之间的情谊，也不到体谅你的地步。

我因为一次误会离开公司，才发现自己身上的钱只够交两个月的房租，还没算上生活费，所以不得不为自己的任性埋单，仓促地开始找下一份工作，根本来不及想清楚自己想要做什么，并且在每一次面试的时候都要尴尬地面对“你为什么离开上一家公司”这个问题。

在工作中，我总是摸不透领导的脾气，每做一个方案，都做好通宵修改的准备——事实上，我也的确为此通宵过无数次。

受不了别人对自己作品的质疑，但又总结不出经验，也控制不住自己的抱怨，越来越歇斯底里，甚至把情绪发泄到亲近的人的身上。

总要遇到那么多错漏百出的时刻，才能明白要怎么走过未来的千山万水。天台倾倒理想一万丈，尝遍每个狼狈时光限时赠送的糖，才能站在朝阳上，脱去昨日的迷茫。正如《历历万乡》中的歌词，城市慷慨亮整夜光，如同少年不惧岁月长。你想要的，我想要的，只是和别人的不一样。为这一点点不一样，我们要倾囊勇往，不负众望走一场。

网络上流传这样一个故事，说是“智商够高就不需要情商”，很多人为此奔走欢呼，自负地将自己归类。

但是，我们中的大部分人，都是普通人而已，我们都需要“跟这个太过麻烦的世界多打交道”。

我们需要尽快摒弃的，是在追求“诗与远方”的这场混战

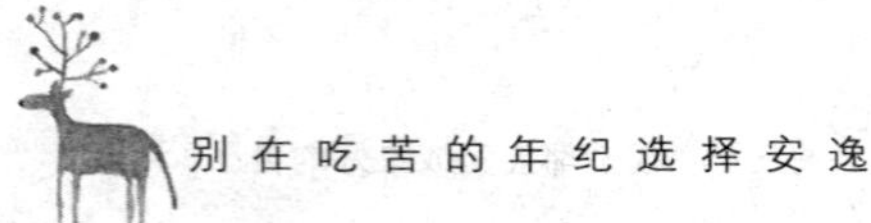

中，装出来的虚荣感和“鸡汤”式的人生。

美国画家摩西奶奶说，我今年100岁了，但我仍感觉自己是个新娘，我想回到最初开始的地方，重新来过。

人生永远没有太晚的开始，如同少年不惧岁月长。我一直记着那个永远温柔和精神焕发的女上司，她曾经和我说过一句话，让我在许多个萎靡不振的时刻惊醒过来：“你总要想想，20年后你是什么样。”